KB236659

중국조선족 시문학의 변화양상 연구

중국조선족 시문학의 변화양상 연구

국립중앙도서관 출판시도서목록(CIP)

중국조선족 시문학의 변화양상 연구 / 황송문 著. -- 서울
: 국학자료원, 2003
    p. ;   cm

색인수록
ISBN 89-541-0070-8 93820 : \12000

811.609-KDC4
895.7109-DDC21   CIP2003000752

중국조선족 시문학의 변화양상 연구

황송문

국학자료원

머리말

　　중국 연변대학에 객원교수로 가 있을 당시에 자료를 수집하여 집필한 논문을 단행본으로 펴내게 되었다. 나는 2001년에 안식연구년을 맞자마자 중국 연변대학으로 떠나게 되었고, 그곳 조문학부에서 강의도 하고, 동방문화연구원, 중조한일문화비교연구중심(中朝韓日文化比較硏究中心)에서 연구활동을 하였는데, 이 책은 그 성과의 하나라 할 수 있다.

　　나의 이 논문의 집필을 위해서 특별히 배려해 주신 동방문화연구원의 이득춘(李得春) 원장님과 윤윤진(尹允鎭) 부원장님, 그리고 연변대학교의 김병민(金柄珉) 총장님을 위시하여, 조문학부의 김호웅(金虎雄) 학부장님과 이상각(李相珏) 시백님의 우애 넘치는 배려에 마음 깊이 감사한다. 그 분들의 협조가 없었다면 이 책의 탄생은 볼 수 없을 것으로 여겨지기 때문이다.

　　어려웠던 점은, 중국조선족시문학사가 정리되어 있지 않은 상태에서 문학사적 서술을 시도하면서 부딪치게 되는 자료 분별에 관한 문제였다. 조선족 시문학이 아직 정리되어 있지 않은 상태이기 때문에 객관성과 정확성을 기하기가 용이하지 않다.

　　크게는 연변대학교와 조선족문단에 감사하고, 구체적으로는 윤윤진 교수님과 김호웅 교수님, 그리고 이상각 시백님께 감사하지 않을 수 없다. 연구실 배정과 연구자료 제공 면에서 크게 도움을 주셨음으로 그 은혜를 잊지 못할 것이다. 부족하더라도 이 책으로 보답하고자 하며, 살아가면서 조금씩 갚아 나갈 생각이다.

　　내가 중국을 처음 방문한 것은 1989년이었다. 그 당시 백두산을 거쳐, 북경으로 해서 몽골까지 가는 길이었는데, 점심 때 들르게 된 음식점(가정집으로 여겨짐) 마당에서 우연히 보게 된 봉선화와 채송화, 맨드라미, 해바라기 등에서 나의 어린 시절을 만나게 되었는데, 그 이후로 10여 년 동안 그곳에 다시 가고 싶어했었다.

그러니까 이 책이 태어나게 된 첫 번째 동기는 나의 유년시절로 안내한 그 밥집의 봉선화와 채송화, 맨드라미 등에서 살아난 향토적 분위기라 할 수 있다. 나는 어머니가 그 꽃들을 애지중지했듯이, 그렇게 연변을 사랑한다. 우리들의 순수와 아픔의 앙금이 거기 꽃들과 사람들의 심성 속에 고스란히 스며있기 때문이다.

나는 이 책을 쓰는 동안 하루를 일 년 같이 사는 기분으로 그렇게 치열하게 살았다. 정말 쫓기는 듯한 긴장 속에서 집필에 임했음으로 미처 정리되지 못한 부분이 있을지도 모르는 일이라서 염려되기도 한다. 아무래도 무풍지대를 개척하는 일이라서 매끄럽지 못할 것이다.

이 논문은 월간 『시문학』지에 10회(2002년 3월호부터 12월호까지)에 걸쳐 연재되었다. 특별히 배려하여 주신 문덕수 선생님과 김규화 교수님께 심심한 사의를 표하고, 저술에 산파가 되어 주신 국학자료원의 정찬용 사장님께 마음으로 감사를 드린다.

아슬히 멀리 있는 연변의 하늘 아래 나와 심정의 인연으로 함께 사는 인생의 길동무들과 함께 이 탄생의 기쁨을 나누고자 한다.

단기 4336년(서기 2003년) 초여름,
용마산방에서 황송문 적음

차 례

1. 서론

　중국조선족 시문학 연구는 중국의 역사적, 사회적 전환과 중국조선족 역사 변천의 특수성 및 중국조선족문학 발전의 구체적 상황을 동시에 고려하게 될 때 19세기 천입 당시부터 1920년까지를 1기로, 1931년까지를 2기로, 1945년 8·15광복까지를 3기로, 1949년까지를 제4기로, 1966년까지를 제5기로, 1966년부터 1976년까지의 문화대혁명 기간을 제6기로, 1976년부터 현재에 이르기까지의 문학을 제7기로 가름하는 게 중국조선족 학자들의 일반적인 견해다.

　중국조선족은 조선반도로부터 천입한 민족이다. 역사적인 문헌에 의하면, 18세기 초엽부터 조선반도의 농민들은 청 왕조의 월강금지령을 위반하면서까지 살길을 찾아 중국에 잠입하기 시작해, 19세기 중엽(1883) 봉금령(封禁令) 해제를 계기로 본격적으로 이주하기 시작했고, 나아가 일제의 핍박을 견디다 못한 한국인들이 천입해 들어감으로써 진보적 작가들이 망국의 설움을 안고 간도 땅에 이주하여 이 고장의 문인들과 더불어 창작활동을 펼치게 되었는데, 그 대표적인 문인으로는 김택영, 신정(신규식), 신채호 등을 들 수 있다.

8 · 15 광복 전의 경우는 대체적으로 '재만조선족문학' '재만조선문학' '재만한인문학' 등으로 일컬어져 왔다면, 해방 후의 경우는 '중국조선족문학' '중국동포문학' '연변동포문학' 등의 용어들이 여러모로 쓰이어 왔는데, 그 개념의 혼란을 막기 위해서도 하나로 통일하는 게 바람직할 것이다. 현재까지 학자들간에 논의돼온 과정에서는 '중국조선족문학' 으로 통일하는 게 바람직하다는 견해가 우세한 것으로 보인다.

중국에 거주하는 조선족 동포의 처지에서는 중국 내에 거주하는 소수민족의 한 구성원이지만, 그와 동시에 하나의 민족이라는 혈연을 포함한 언어와 문화의 측면에서는 무시할 수 없는 동질의 요소를 내재하고 있으므로 중국조선족문학도 넓은 의미에서는 '중국문학' 의 범주에 들어가는 동시에 '한국문학' (조선문학)의 범주에도 들 수 있을 것이다.

그 동안에는 주로 8 · 15 해방 전의 '재만조선족문학' (또는 재만한민족문학)에 대한 연구가 진행되어 왔는데, 앞으로는 각 시대의 문학에 대해 좀더 다양한 접근과 시각이 요구된다 하겠다.

특히 '문화대혁명' 은 중국조선족 동포사회에도 상당한 영향을 끼쳤고, 이에 대한 문학의 변화양상도 고찰할 필요가 있겠다. 여기에서는 특히 시문학을 중심으로 살펴봄으로써 그 변화에 대한 연구를 꾀하고자 한다. 문화대혁명이 중국조선족문학에 어떠한 영향을 끼쳤는가, 문화대혁명기의 중국조선족 시문학, 그리고 그 시문학의 변화 양상 등을 살펴보고자 한다.

또한 간과할 수 없는 점으로, 사상(마르크스주의예술론, 또는 모택동사상)과 문학에 있어서의 상관관계에 대한 고찰이다. 중국이라는 사회주의 국가 체제에서 신봉해온 마르크스주의 이념은 '문화대혁명'을 포함하여 문학에 심대한 영향을 미쳐왔기 때문이다.

2. 재만(在滿)조선족문학의 형성과 역사적 전개

조선민족의 조상들은 아주 오랜 옛날부터 조선반도와 요하(遼河), 송화강 유역을 망라한 동북 지역에서 살아온 것으로 전해지고 있다. 그러나 역사적 변천에 의하여 동북대륙에서 살던 조선민족의 대부분은 조선반도로 이주하고, 이곳에 남은 일부분은 타민족과 함께 생활하는 동안 한족(漢族)에 동화되어 조선민족 본래의 특성을 잃어버린 상태였다고 한다.

그러다가 조선민족이 다시금 중국 동북지역에 이주하기 시작한 것은 17세기 초엽부터라고 한다. 생활난에 허덕이던 농민들이 살길을 찾아 '봉금령'을 위반하면서까지 이주하기 시작하였던 것이다. 그러다가 19세기 중엽 이후 '봉금령'이 완화된 상태에서, 1860년대에 조선 관북지방에 연이은 재해가 겹치자 기아에 허덕이던 조선의 이재민들이 다시금 이주를 시작하였다.

청나라 정부에서는 조선족의 이주를 막을 수 없게 되자 생각을 바꾸었다. 조선족 이주민을 이용하여 황무지를 개간함으로써 나라의 경제를 발전시키는 동시에 국경선에 대한 방어도 강화하려는 목적으로 1880년대에 이르러 '봉금령'을 폐지하고 이민실변정책(移民實邊政策)을 실시하였다.

그후 20세기 초엽, 일제의 침탈에 의하여 1910년 8월 '한일합병조약'이 체결되고 한반도가 강점되자 일제침략자들의 무단통치와 수탈을 견디다 못한 농민들과 반일조국독립운동에 나섰던 우국지사들이 중국으로 이동함으로써 이주민의 수가 늘게 되었다. 그리하여 1920년대에 중국 동북지방의 조선족 인구는 45만 9400명을 초과하였다.[1]

조선을 침탈한 일제침략자는 침략의 마수를 중국 연변에 뻗쳤다. 조선통감부 간도파출소를 1907년 8월 용정에 설치하였고, '두만강 중조변무조항'(간도협약)을 1909년에 체결하였으며, '조선은행 간도지행'과 동양척식주식회사 간도출장소를 1917년과 1918년에 설립하였다. 일제침략자들이 이러한 기구를 이용하여 조직적으로 탄압과 수탈을 일삼으면서 무단통치를 자행할 무렵, 시문학분야에서는 1910년대 초엽부터 근대적 계몽사조의 물결 속에서 조선으로부터 유입되기 시작한 창가형식이 파급되었다.

1910년대 중기부터 자유시가 출현하였는데, 가령 김택영의 「고국의 10월 사변을 회상하여」, 신채호의 자유시 「나의 사랑」 「새벽의 별」 「너의 것」, 류영의 시 「새빛」, 해일의 「아 내나라」 등이 여기에 해당된다.

중국 연변대학의 김호웅(金虎雄) 교수는 『在滿朝鮮人文學研究』에서 몇 가지 문제점을 제시하였는데, 그 내용은 다음과 같다.

---

1) 『조선민족략사』(연변인민출판사, 1986. 2쪽)

첫째로 '중국학파' 들은 기본상 속지주의(屬地主義)원칙에 따라 무릇 중국 경내에서 활동한 적이 있는 작가는 죄다 조선족작가의 범주에 넣고 있다. 김택영, 신정, 신채호의 경우와 같이 만주 조선 인이민사회와의 련계여부, 문학성격 여하를 불문하고 중국에서 활 동하다가 중국에서 운명한 작가에 대해서는 대서특필하고 있지만, 안수길의 경우와 같이 해방 직전에 남하한 작가에 한해서는 그들이 재만조선인 문단에서 어떤 지위에 있었는지를 막론하고 무조건 조 선족문학사에서 배제하고 있다.

바꾸어 말하면, 만주의 조선인이민사회의 생활과 정서와는 너무 나도 이질적인 "큰그릇"들인 김택영, 신정, 신채호 등을 억지로 끌 어들인 결과 조선족문학의 산생, 발전의 자연스러운 흐름을 보여줄 대신 그 초창기에 예술적인 거장을 낳은 것으로 되고 있다. 따라서 재만조선인문학을 형성, 구축하는데 직접 참가한 "문화부대" — 렴 상섭, 안수길, 박팔양 등의 기여와 이 땅의 첫 향토작가, 시인들인 리욱, 김창걸의 존재는 많이 격하되고 말았다.

둘째로, "한국학파"의 경우는 이른바 암흑기의 공백을 "간도이 민문학"으로 메울 수 있다는 안도감에 취해 만주국시기 조선인문 학의 이중성을 무시하고 일괄적으로 한국현대문학의 범주에 넣고 다루었다. 따라서 위만주국시기 문학의 여러 갈래와 그 부동한 발 전단계 및 그 이중성의 변화과정을 객관적으로 해명하지 못했다.

셋째로 북조선에서 나온 문학사의 경우에는 동북 유격구에서 창 작한 항일문학의 정통성만을 강조한 나머지 룡정, 신경을 중심으로 활발하게 벌어졌던 작가문학을 대부분 무시했으므로 만주국시기 조선인문학의 전반 전개양상을 파악하기에는 너무나 거리가 멀 다.[2]

여기에서는 재만 조선인문학에 관한 시각의 차이점을 세 갈래로 정리하고 있다. 소위 "중국학파"와 "한국학파" 그리고 북한의 시각이 그것이다. 따라서 여기에서는 이러한 편벽성을 배제하고 객관성을 살려내기 위하여 다양한 시각을 동시에 작동시키고자 한다.

김호웅 교수가 지적한 바와 같이 "명망이 높은 문사에 대해서는 조선인이민사회와의 연계여부나 문학성격 여하를 불문하고 중국에서 활동하다가 운명한 작가에 대해서는 대서특필하고 있지만, 재만 조선인문학을 형성, 구축하는 데 직접 참가한 염상섭, 안수길, 박팔양 등이라든지, 이욱이나 김창걸 등 이 땅의 향토작가의 존재는 재만 조선인문단에서 어떤 지위에 있었는지를 막론하고 격하되어 있다"는 점에 대해서는 바로잡아야 할 사항이다.

다음으로, 1850년 10월 15일 황해도 개성시 자남산에서 태어난 창강 김택영(1850~1927)은 19세기 말부터 20세기(1920년대)에 걸쳐 민족문화계몽운동에 헌신한 반일민족독립운동가이며, 계몽사상가인 동시에 조선민족한문학의 최후를 장식한 시인, 또는 역사학자이자 문학가로 알려지고 있다. 그는 1905년 10월, 굴욕적인 '을사조약'의 체결을 목전에 두고 고국을 떠나 중국으로 망명했다. 그는 중국에 이주한 이래 저술활동을 체계적으로 하여 1천여수의 시편과 5백여편에 달하는 산문을 수록한 시문집 『소호당집』(전15권 7책) 등을 펴냈다.

그의 시문학 활동의 후기는 1905년 중국에 망명하여 남통에 거주하던 때로부터 1927년 4월, 일제의 침탈에 의한 고통과 울분을 달랠

---

2) 『在滿朝鮮人文學硏究』(金虎雄, 국학자료원, 1997)

길 없어 아편을 먹고 자살하기까지로 알려져 있다. 그는 일제의 침
략을 저주하고 망국의 한을 토로하면서 민족의 자주독립투쟁에 앞
장선 항일의병들의 장거를 격찬한 시편을 썼는데, 그 대표작으로는
「고국의 10월 사변을 회상하여」(1905) 등이 있다.

> 야밤에 광풍이 휘몰아쳐와
> 엄동벽력이 서울에 지동치누나
> 혜소의 피 귀신을 곡하게 하였으니
> 하늘이 린색하여 범려같은 인재 내주지 않았어라
> 난로안의 식은 재마냥 마음 싸늘한데
> 하늘가의 방초에 머리 돌리기 어려워라
> 유신의 글을 해서 무슨 소용이 있더뇨
> 그저 강남에서 슬픔이나 읊었을 뿐

(이상은 한시에 대한 번역임)

권철 교수는 그의 논저에서 다음과 같이 피력하고 있다.

> "이 시에서 의분을 못이겨 자결한 애국자들은 중국 고대의 전기
> 적 영웅 혜소에 비유함과 더불어 나라 잃고 망명하여 온 자신의 불
> 우한 처지를 남북조시대의 문인 유신에 비하면서 '글로 나라를 건
> 지지 못하니 무슨 소용이 있더뇨' 하는 의미심장한 질문으로써 자
> 기 마음속의 울분을 토로하고 있다"[3]

―――――――――――
3) 『중국조선족문학』 (권철, 연변대학출판사, 2000. 53쪽)

권철은 김택영의 시에 대하여 "함축"과 "여운"이 특징이라고 갈 파하면서, "신화전설에서의 환상적 수법이며 다채로운 비유수법과 의인화적 수법을 도입하여 시적형상의 함축성과 예술적 매력을 환 유케 한 실례들도 적지 않다"고 하면서 "외래침략자를 '악어' '고 래' '아수라'에 비유하고, 관료착취배, 반동군벌을 '참새' '쥐' '까 마귀'에 비유하며, 반일의병을 '범' '룡' '독수리'에 비유한 것들이 다"고 지적하면서, 그의 시문학을 가리켜, "조선민족의 시문학 발전 에 빛나는 한 페지를 장식하였다"고 하였으나 한글로 번역해야 하 는 그의 한문시는 자유시의 성격에는 시대적으로 상당한 거리가 있 다 하겠다.

조성일 · 권철 주편으로 나온 『중국조선족문학사』(연변인민출판 사, 1990, 88쪽)에는 김택영에 대한 다음과 같은 글이 보인다.

> 김택영은 선진적인 사실주의미학관에 립각하여 중국과 조선의
> 한문학대가들의 풍격, 기질, 성과와 작품의 우열을 구체적으로 평
> 가하였으며, 또 신운설에 기초하여 사마천, 리백, 두보, 한유, 소동
> 파, 박지원을 한문학의 가장 걸출한 대표문인으로 인정하였다. 김
> 택영은 조선족한문학의 최후를 장식한 걸출한 시인이다. 그는 근대
> 시기에 진입하여 날로 쇠약해져 가는 그 한문학을 건져보려고 모든
> 힘을 다 바쳤으나 이미 자기의 사명을 완수한 한문학은 끝내 민족
> 문자로 된 현대문학의 대두와 함께 그 종지부를 찍고 말았다.

신정(본명은 신규식)은 1879년 1월 13일 충청북도 문의군 동면 계 산리에서 출생하여 1922년 8월 5일 43세를 일기로 생을 마친 반일민 족독립운동의 활동가인 동시에 시인이자 교육가였다. 1905년 11월

에 일본제국주의자들이 "을사보호조약" 5개 조항을 접수하도록 조선정부를 협박하자 매국노 이완용 일당이 그 조약에 조인하였다. 그후 1910년 8월 29일 일제가 조선 정부를 압박하여 "한일합병조약"을 체결하였다. 이와 같은 조선의 망국의 비참한 정경을 좌시할 수 없는 신정은 처녀작 「생각한 바를 읊노라」라는 시를 지었다.

> 청상은 옛모습 잃고
> 락엽은 지는 가을 알리네
> 밉살스럽구나 돈에 미친 장사군들
> 다투어 관장사에 달라붙으니

그는 독약을 먹고 자살하려 하였으나 발각되어 죽지도 못하자 나라가 망하게 된 근본 원인을 연구하였으며, 민족독립을 위한 교육과 경제적 기초를 닦는 데에 심혈을 기울였다. 그는 상해에서 이름을 신정으로 바꾸고, 무창봉기에 참가하여 혁명의 소용돌이 속에 뛰어들었다.

그는 1912년에 중국 군대의 진보적 문학단체인 〈남사〉에 가입하면서 문학활동을 하였다. 그의 시는 비분강개조였는데, 「보검」을 살펴보면 다음과 같다.

> 흉악한 원쑤부터 목을 자르고
> 이웃의 배신자도 소멸하소서
> 요물들을 모조리 박멸하거든
> 태평양에 넣어서 피를 씻으소

그는 이 시에서 침략자들에 대한 적개심을 표현하고 있다. 신정은 1919년 4월 11일, 상해에 대한민국임시정부가 창립될 때 법무총장으로 선출되었고, 그 이듬해에는 국무총리 겸 외교총장으로 선출되었다. 그는 이 기간에 『독립신문』과 『진단주간』을 꾸려 전력으로 반일선전을 하였다. 그가 임종할 때에 25일 동안이나 침대에서 단식을 하였던 기록은 후학들의 옷깃을 여미게 한다.

다음으로, 1880년 11월에 충청남도 대덕군 산내면의 가난한 선비 가정에서 태어난 신채호는 저명한 역사학자이자 문학가로 난국을 타개하다가 1936년 2월 21일 여순감옥에서 56세를 일기로 생을 마쳤다. 8세 때 아버지를 여읜 그는 민족에 향한 뜨거운 사랑과 일제에 대한 적개심을 품고 민족해방을 위하여 일평생 정력을 바친 애국자다. 그는 많은 저술을 했고 계몽운동을 폈다.

"애국자가 있는 나라는 약하지만 강하고, 쇠약하지만 흥성하며, 망했지만 흥하며, 죽었지만 살아나는 법이다."는 그의 말만 상기해도 그의 애국심을 짐작하고도 남을 만하다. 그는 『해조신문』『청구신문』『권업신문』 등 간행물의 주필을 맡아 하였는데, 특히 『권업신문』은 매우 큰 영향력을 발휘하였다고 한다. 그러나 일제의 저해로 그 신문은 1914년에 발행금지를 당하였다.

1915년에 북경에 간 그는 1928년 체포될 때가지 줄곧 거기에서 생활하면서 민족독립운동과 저술활동에 종사하였다.

인생 사십년 지리도 하다
병과 가난 잠시도 안떨어지네

한스럽다 산도 물도 다한 곳에서
내 뜻대로 노래, 통곡 그도 어렵네

그의 이 시는 그의 마음 놓고 울 수도 없는 심회를 여실히 나타내
고 있다. 1919년 4월부터 이듬해 3월에 이르기까지 그는 상해에 가
서 임시정부를 세우는 일에 참가하였으며, 의정원 위원장 및 『독립
신문』의 주필 등 요직을 맡았다. 상해에서 북경에 돌아온 그는 정치
투쟁과 저술활동에 적극적으로 활약한 것으로 알려져 있다. 민족독
립에 뜻을 둔 그는 1921년에 잡지 『천고(天鼓)』를 꾸렸고, 동지들과
함께 〈통일책진회(統一策進會)〉를 조직하였으며, 민족독립운동을
진행하는 정치단체인 〈신간회(新幹會)〉를 발기하고 조직하였다.
그는 북경에 체류하고 있는 10여년 동안에 민족문화계몽운동과 민
족해방투쟁의 일환으로 수많은 정론 및 역사서를 발표하였다. 「조선
사통론」 「조선상고사」 「조선상고문화사」 등의 글만 보아도 그가 얼
마나 그 당시 영향력 있는 저술을 하였는지 짐작하고도 남는다.

나는 네 사랑
너는 내 사랑
두 사랑 사이 칼로 썩 베면
고우나 고운 피덩이가
줄줄줄 흘러내려오리니,
한주먹 덥석 그 피를 쥐어
한나라 땅에 고루 뿌리리
떨어지는 곳마다 꽃이 피어서
봄맞이하리

그의 이 「한나라 생각」(1910)이라는 시는 절절한 애국충정에 깊은 감명을 준다. 그의 시 「가을밤의 회포를 적음」에서도 비분에 찬 발성에 심금을 울리고 있다.

> 외로운 등불 가물가물 남의 시름 같이하며
> 일편단심 다 태울제 내 맘대로 못할러라
> 창 들고 달려나가 나라운명 못돌리고
> 무질어진 붓을 들고 청구력사 그적이네
> 이역방랑 십년이라 수염에 서리치고
> 병석에 누운 깊은 밤에 달만 누각에 비쳐드네
> 고국의 농어회맛 좋다 이르지 마라
> 오늘은 땅이 없거늘 어디다 배를 맬고

신채호는 일제에 머리를 굽히지 않기 위해서 세수를 할 때에도 언제나 목을 쭉 빼들고 얼굴을 씻기에 세숫물로 옷깃을 다 적셨다는 얘기로도 유명하다. 그는 결국 1928년 5월 민족해방운동을 위하여 활동자금을 모으다가 일본수상서경찰소에 체포되어 대련일본형무소에 근 2년 동안 미결수로 있다가 1930년 4월에 10년 징역형이 떨어져 여순감옥에 갇히게 되었다.

신채호는 탁월한 민족해방운동의 선구자였고, 뛰어난 역사학자이며 문학가였다. 그는 민족해방의 날을 보지 못한 채 일제의 감옥에서 세상을 하직했다.

이상의 시인들은 중국에 이주한 후 1920년대, 또는 그 이후까지 중국에서 작품활동을 한 경우에 해당된다. 이들은 한시를 중점적으로 쓰고 이를 한글로 번역하는 경우, 한글로 쓰더라도 자유시의 초기에 해당되는 창가 형식에서 크게 벗어나지 못한 경우, 반일사상에 의한 민족의 독립을 위한 목적으로 창작한 경우 등으로 나누어 볼 수 있는데, 그 의의에 있어서 심대한 면을 인정하면서도 본격적인 문학에 있어서는 좀더 치밀한 연구와 검토가 따라야 한다는 점을 지적하지 않을 수 없다. 이들에 대해서는 학문적인 검증보다 역사적·사회적 분위기에 편승하여 그 의의를 높이 평가한 흔적이 보이기 때문이다.

이제는 1920년에서 1931년 사이에 있어서의 문학의 성격을 살펴보고자 한다. 일본 제국주의는 한반도를 완전히 점령한 후, 조선민족을 혹독하게 탄압하고 수탈하였다. 이러한 질곡에서 견디지 못한 조선민족은 살길을 찾아 중국의 동북지역으로 이주하였다. 따라서 1920년대에 중국 동북지역에 이주한 조선족의 인구는 급격히 늘어나 45만 여명에 이르게 되었다. 중국 동북지역에 대한 일제의 침략이 날로 극심해지고 일본의 독점자본이 침투됨에 따라 조선족 거주지역의 소농경제는 점차 피폐해져 갔다.

이와 때를 같이 하여, 마르크스주의가 중국조선족동포들에게 전파되기 시작했다. 마르크스주의가 중국조선족동북집거구에 파급되자 여기에 동조하는 청년단체가 우후죽순처럼 일어났다. 특히 1926년 5월부터 각지의 마르크스주의 단체들은 대중적 혁명조직을 정돈하여 반제국주의 투쟁을 벌였다.

1931년 동북지역에서 조선족반일인사와 종교계에서 세운 학교가 무려 388개소에 이르렀다. 1920년대에 이르러 마르크스주의 사상의 전파와 반제국주의 투쟁을 목적으로 신문과 잡지들이 다수 간행되었는데, 문헌의 기록에 의하면 무려 20여종이나 되었다 한다. 이러한 간행물들은 대부분 반일사상고취와 마르크스주의 선전을 목적으로 제작된 것이었다. 그 당시 순문예지는 없었으나 신문과 잡지에서는 상당한 공간을 할애하여 문학작품을 게재하였다.

그때 용정에서 발행된 『민성보』의 경우, 조선문판의 '문예란' 만 봐도 우수한 작품 발표의 온상이 되고 있음을 알 수 있다.

1920년대에 들어서면서 중국조선족집거구 동포들에게 유통된 간행물의 종류에 대하여 조성일·권철이 주편한 『중국조선족문학사』에는 다음과 같이 기록되어 있다.

> 20년에 들어서면서 중국 조선족집거구인민들에게 직접 배달된 신문으로 〈동아일보〉, 〈조선일보〉가 있었고, 종합성잡지로는 〈서광〉, 〈서울〉, 〈개벽〉, 〈신민공론〉, 〈조선지광〉, 〈삼천리〉, 〈학생계〉, 〈신녀성〉 등이 있었다. 그리고 순문예간행물인 〈창조〉와 〈폐허〉, 〈장미촌〉, 〈백조〉, 〈금성〉, 〈조선문단〉, 〈해외문학〉, 〈문예시대〉, 〈문예공론〉, 〈조선문예〉, 〈문예월간〉 등이 조선족집거구에 전하여졌으며, 조선족문인들은 자기의 작품을 이런 잡지에 발표하였다. 또한 조선의 〈염군사〉, 〈파스큐라〉, 〈조선프로레타리아문학동맹〉(카프) 등 선진적 문학단체의 영향이 컸고, 당시의 저명한 조선작가들인 조명희, 리기영, 한설야, 최서해, 현진건, 라도향, 리상화, 심농인, 김소월, 박팔양 등의 작품이 조선족문인과 독자들 속에서 널리 애독되었다. 그중 최서해, 박팔양 등이 동북에서 활동하면서 쓴 조선족인민의 실생활과 의지와 열망을 반영한 작품은 조선족문학창작의 발전에 더욱 직접적으로 영향을 주었다.[4]

---

4) 『중국조선족문학사』(연변인민출판사, 1990. 115쪽)

3·1운동 이후 일제의 정책전환으로 조선일보(1920)와 동아일보 (1920) 등을 비롯하여 신문, 잡지의 발행을 허용하여 문화활동을 어느 정도 허용하기는 하였으나 민족의 자주독립과 자유가 상실된 상황에서 자연발생적인 신경향파문학에서 나아가 카프(1925-1935)의 조직을 배경으로 한 프롤레타리아 계급주의문학이 대두되었다.

신경향파(新傾向派) 문학의 주요 작품은 최학송의 「탈출기」(조선문단 6호, 1925. 3), 주요섭의 「인력거군」(개벽 58호, 1925. 4), 박영희의 「사냥개」(개벽 58호, 1925. 4) 등이었다. 그 특색은 가난, 반항, 살인, 방화 등으로 결말짓는다는 점이다. 이러한 신경향파문학에서 한걸음 나아가 프로문학에 이르면, 정치적 목적의식, 문학운동의 조직성, 선전 등을 통하여 정치주의문학이라는 점이 두드러지게 대두된다. 최학송의 체험적인 궁핍문학인 「홍염(紅焰, 조선문단 18호, 1927. 1)」, 조명희의 「낙동강(조선지광 69호, 1927. 7)」 등을 제외하고는 작품다운 작품이 없을 정도로 계급의식을 고취하는 개념적 작품이 대부분이었다.

그 당시 만주 조선족문학은 조선민족이 중국에 이주한 이래 작품활동을 한 작가의 작품과 항일시기 적점령구에서 산출된 일부 작가의 작품, 중국 동북지구의 항일유격구군민들에 의하여 창작된 항일가요 등을 포함할 수 있겠으나 이 글은 문학의 본질에 입각한 예술성에 주안점을 두고자 하므로 항일 빨치산에 의한 항일가요 등에 대한 상세한 서술은 배제하고자 한다.

3. 문학의 본질에 비춰본 마르크스주의

마르크스주의 이론에 의해서 노동계급이 역사의 전면으로 부상하고, 반제반봉건투쟁을 창출하던 1920년대 중국조선족문학 현실에도 무산계급문학에 관한 마르크스이론이 파급되었다. 무산계급문학을 주조로 내세우던 그 당시에는 소위 반제반봉건과 민족해방의 기치를 높이 들었다.

이 때의 문학창작은 계급적인 모순과 대립 투쟁 속에서 그것을 구체적으로 작품 속에 형상화하는 데에 중점을 두었다. 계급의 대립에서 오는 투쟁의식과 일제에 대한 저항의식을 두드러지게 형상화하도록 독려하던 그 당시의 문학은 마르크스주의 단체들이 문인들에게 비현실적인 급진적 요구를 제기하고, 문학의 공리적 역할만을 지나치게 강조한 나머지 예술성의 결핍을 초래하게 되었다.

이러한 현상은 계급투쟁이론의 철학적 모순, 또는 비진리의 공소성에서 온 것이다. 마르크스주의 문학이론은 마르크스주의 철학을 토대로 그것이 마치 절대적인 진리인 것처럼 표방하고 천명하였다. 마르크스주의자들은 문예의 산생과 발전 등 근본적 문예에 대하여

명확하게 밝혔다고 하지만, 그들은 그들이 자초한 철학적 함정에 빠지는 결과를 가져왔다. 그것은 다음과 같은 그들의 주장에 비쳐보더라도 용이하게 판별된다.

① "로동은 궁전을 창조하였지만 로동자에게는 빈민굴을 마련하여주었다. 로동은 미를 창조하지만 로동자를 기형으로 만들었다. …로동은 지혜를 창조하지만 로동자는 우둔하고 미련케 했다. …대상이 인간에게 사회적 대상이 되었을 때만이 인간 자체는 자신으로 하여금 사회적 존재물로 되게 한다." (〈맑스주의문학예술론〉, 연변대학, 1986. 33쪽(맑스, 1844년 경제학, 철학원고 ①발췌).

② "맑스는 '원고'에서 자본주의의 소외로동을 분석하면서 로동의 본질을 탐구하였고, 한걸음 더 나아가서 인간의 본질에 접촉하였으며, 그로부터 인간이 동물계에서 벗어나 인간으로 된 것은 로동의 결과라는 것을 발견하였다. 물질생산로동은 인간을 동물과 구별케 하였고, 자각적이고 자유스럽고 전면적인 로동생산실천은 인간의 본질적 역량이 되었다.[5]

③ "우리 선조들이 원숭이로부터 인간에로 이행하던 시기에 수천년에 걸쳐 점차로 자기 손을 여러 동작에 적응시키는 것을 배웠을 때 그 동작들은 처음에는 매우 간단한 것일 수밖에 없었다."[6]

④ "인성이라는 것이 있는가, 없는가? 물론 있다. 그러나 구체적인 인성이 있을 뿐이고 추상적인 인성이라는 것은 없다. 계급사회

---

5) 『맑스주의문학예술론』(연변대학, 1986, 45쪽)

6) 『맑스 엥겔스 예술론』(연변인민출판사, 1958. 22쪽, 예술의 발생에 있어서의 로동의 역할). 엥겔스, 자연변증법, 『원숭이의 인간화과정에서의 로동의 역할』(맑스 엥겔스연구소, 사회경제출판사, 모스크바-렌닌그라드, 1931. 62쪽).

에 있어서는 계급성을 띤 인성이 있을 뿐이고 초계급적인 인성이라
는 것은 없다. 우리는 무산계급의 인성, 인민대중의 인성을 주장하
고, 지주계급과 자산계급은 지주계급과 자산계급의 인성을 주장한
다. …혁명적 문예가에 있어서 폭로의 대상은 침략자, 착취자, 압박
자 및 인민 속에 끼친 그들의 나쁜 영향 뿐이고 인민대중일 수는 없
다. …자산계급의 광명을 찬양하는 작품이라 하여 반드시 위대하다
고 할 수 없고, 자산계급의 암흑면을 폭로하는 자의 작품이라 하여
반드시 보잘것 없는 것이라고도 할 수 없으며, 또 무산계급의 광명
을 찬양하는 작품이라 하여 반드시 위대하지 않다고 할 수 없지만,
무산계급 소위 '암흑'을 묘사하는 자의 작품은 반드시 보잘 것 없
다.[7]

   앞에 제시한 ①과 ②는 모두 『맑스주의문학예술론』에서 나온 말이
다. ③은 『맑스 엥겔스예술론』(맑스 엥겔스연구소 자료)에서, 그리고
④는 『모택동문예를 논함』(중국과학원문학연구소)에서 뽑아 밝힌
내용이다. 이 책들을 종합해 보면 ⓐ '인간은 원래 원숭이와 같은 동
물이었는데 노동을 통한 진화로 인해서 인간이 되었으므로 사회적
노동을 통해서 인간의 자격이 주어진다'는 논리와 ⓑ 사회적 노동을
통하여 인간의 자격이 주어지는 노동자계급은 옹호하되 그에 반하는
계급은 투쟁하여 제거하며, ⓒ 무산계급(암흑)을 묘사하는 자의 작품
은 반드시 보잘것 없다고 결론을 내리고 있다는 점이다.
   이러한 논리에는 자체모순을 지니고 있음을 알 수 있다. 원숭이가
진화해서 인간의 자격이 주어진다는 논리는, 인간은 원래부터 인간

---

7) 『모택동문예를 논함』(중국과학원문학연구소 편, 민족출판사 발행, 1959. 89쪽)

이었다는 기독교적 논리에 반하는 비인간화, 즉 인간의 존엄성이 말살될 수 있는 위험성을 내포하고 있다는 점을 지적하지 않을 수 없다.

가령 무산계급의 혁명이라고 하는 인간의 사회적 노동에 동참하지 않는 자에 대해서는 인간의 자격이 주어질 수 없다는 차별이 규정됨으로써 상황에 따라서는 가차없이 처단할 수 있는 살인극도 벌어질 수 있기 때문이다. 이러한 모순된 증오의 철학에 의해서 이 지구상에서는 얼마나 많은 사람들이 억울하게 죽어갔던가. 이것은 역사가 증명하는 사실이다.

앞에서 거론한 바와 같이, "구체적인 인성이 있을 뿐이고 추상적인 인성이라는 것은 없다. 계급사회에 있어서는 계급성을 띤 인성이 있을 뿐이고 초계급적인 인성이라는 것은 없다."고 했는데, 가령 어린아이가 태어나는 순간에도 계급적 인성을 가지고 나온다는 말인가. 인간이 태어나면서부터 지니게 되는 사단(四端), 즉 인의예지(仁義禮智)라든지, 박애정신(博愛精神), 대자대비(大慈大悲) 등은 추상적인 인성인데 그도 말살해야 하는가?

이러한 철학적 모순은 계급적 대립모순이라는 투쟁이론을 낳고, 이것이 마치 영구불변의 진리라도 되는 듯이 규정지어 숭상함으로써 동지를 의심하고, 이유 없는 증오심의 증폭으로 인하여 '문화대혁명'과 같은 불행한 사태를 자초하였던 것이다.

계급사회를 청산하고 계급이 없이 평등한 무계급사회를 만들겠다는 마르크스의 이론이 오히려 평등하게 태어나는 유아에게까지 계급성을 부여함으로써 근본적으로 평등성을 파괴하고 불평등을 조장하는 처사는 납득할 수 없다. 특히 인간의 본성을 소중하게 다루는 문학 예술에 있어서 추상적 인성은 인정하지 않고 계급적 인성으로 고착시키는 데에는 인간의 본성을 파괴하는 우를 범하게 되는 것이다.

이러한 연유로 하여 미움의 증폭에서 배설된 유격구에서의 혁명적인 시작품이 살아남지 못하는 반면에 계급투쟁의 미움과는 거리가 먼 윤동주의 시가 예술성과 영원성을 획득하게 된 데에는, 증오의 철학보다는 사랑의 종교이념이 문학의 영원성을 담보한다는 진리는 새겨볼 만한 점이다.

4. 중국조선족의 수난과 향수의 미학

　1907년 7월 러시아 블라디보스토크의 신한촌에서 한 한의사의 아들로 태어난 이욱(이학성) 시인은 1920년대부터 시창작에 몰두한 이래 적지 않은 작품으로 이 지역의 시문학 발전에 기여한 것으로 알려져 있다. 그는 1921년 용정의 '신유시사'의 모임에서 「간도일보」에 발표한 시 「생명의 예물」(리장원이라는 필명으로 발표)이 첫 자유시로 전해지고 있다. 그 후 「님 찾는 마음」(민성보, 1930. 李月村人이라는 필명으로 발표)과 「눈」(1930) 등이 있다.

　　　님이시여 당신이 부르시며는
　　　우거진 숲속의 다름질로
　　　안개의 골짜기를 찾아서 가지요

　　　님이시여 당신이 부르시며는
　　　예마을 찾아오는 제비의 나름으로
　　　검푸른 大쏫으로 찾아서 가지요

님이시여 당신이 부르시며는
하늘에 흐르는 번개의 빛으로
화산의 비탈도 찾어가지요

신석정(辛夕汀)의 시 「임께서 부르시면」을 연상케 하는 이욱(이학성)의 시 「님찾은 마음」이다. 여기에는 임께서 부르시면 달려가겠다는 급박한 마음이 비장하게 내비치는가 하면, 임께서 부르시면 찾아가겠다고 하는 소극적인 자세도 동시에 내포되어 있다. 이는 '임' 이라는 존재가 이 시인과 대등한 상대적 관계가 아니라 절대적인 종적 관계로서의 존재 개념으로서의 '임' 이라는 점을 알 수 있다.

김호웅 교수는 그의 저서(『재만조선인문학연구』 192쪽)에서 이욱을 "위만주국시기 조선인문단의 마지막 신인인 동시에 해방 후 조선족 문단의 최초의 시인"이라고 평가했다.

권철 교수는 그의 논저 「중국조선족문학」(상, 연변대학출판사, 2000년, 157쪽)에서 "시인은 민족의 숭고한 정신과 품성을 노래하는 많은 시편을 세상에 내놓았는데, 지금 전해지고 있는 서정시 「척촉화」, 「모아산」 「새화원」 등을 그 대표작으로 들 수 있다"고 피력하면서, "서정시 '북두성' 은 캄캄칠야 어둠이 지새는 전야인 1945년 늦은봄에 읊조린 시로서 이 시기 시인의 격조높은 시풍을 잘 구현한 대표작 중의 하나로 된다."고 하면서 "우리 조선민족의 시가발전에 유조한 경험들을 남겨놓았다."고 하였다.

시인이며 소설가로 알려진 김조규(金朝奎)는 1914년 1월 20일 평안남도 덕천군에서 태어나 향리에서 소학교를 마치고 평양숭실중학교를 거쳐 숭실전문학교 영문과를 졸업하였다. 시 「검은 구름이 모일 때」(동방, 1931. 10)가 현상문예에서 1등으로 당선된 것을 계기로 문학의 길을 걷기 시작했는데, 시 「회향곡(懷鄕曲)」(신동아 9, 1932. 7)」으로 문단에 데뷔한 이래 「소」(牛, 신동아 16, 1933. 2), 「밤마다 흩어진 마음」(문예창조, 1934. 6), 「편지함의 꽃」(신동아 34, 1934. 8), 「누이야 고향 가면」(예술 2, 1935. 4), 소설 「윤초시」(尹初試, 중앙 16, 1935. 2 신인추천작), 「병든 構圖」(비판, 1940. 1) 등을 계속 발표하여 문단의 주목을 받았다.

그는 『단층(斷層)』 동인으로 『단층』 2호(1938. 3)에 「오후」, 「해안촌의 기억」, 「묘(猫)」 등을 발표하였고, 동인지 『맥(貘, 1938. 6. 창간)』 3호(1938. 10)에 「야수(夜獸) 제2절」을 발표하였다. 『단층』 동인들의 대체적인 경향이 심리주의적인 색조가 있었으나 그 중에서도 그는 그런 경향의 대표적인 시인으로 인정되었다. 자의식을 시의 새로운 재산으로 추가한 시인으로 평가되었으며, 그의 작품 「묘(猫)」, 「피곤한 풍속」, 「해안촌의 기억」 등은 모두 현대 지식인의 자의식이라는 병든 사상의 과잉에 고민하는 작품들이다.

그는 일제의 식민통치하에서 거레와 운명을 함께 하면서 유발된 갈등을 시로 승화시키는 데 진력했다. 그는 성신보신학교에서 1년 남짓 교편을 잡다가 일경의 감시망을 벗어나기 위해 1939년 중국으로 이주하였는데, 연변에서는 1938년부터 1943년까지 사립 조양천 중학교에서 영어와 역사교사로 교편을 잡으면서 시를 써왔고, 1991년 12월 3일 혜산에서 타계했다.

그후 『재만조선인시집』(1942)을 펴냄으로써 조선민족의 시가발전에 기여한 그는 1943년 말 『만선일보』의 편집기자로 있다가 1945년 3월경 평양으로 돌아가 은거하던 중 해방을 맞았다.

권철은 그의 저서[8]에서 "초기시작에는 짙은 실향의식이 주조를 이루고 있다. 시인에게 있어서 그같이 아름답고 순박하고 정에 넘치는 원초적인 공간이었던 고향과의 결별, 그 공간에 대한 사무친 그리움은 그로 하여금 감상적인 정서를 인발하게까지 하였다. …조국의 상실과 자율적인 삶을 유린당한 현실의 비극을 깊이 있게 파헤치고 다가온 '새벽노을'을 확인, 구가하고 있는 것이 특징적이다."고 한 다음 시 「삼춘읍혈(三春泣血)」(1934), 「호수」(1934), 「겨울」(1935), 「한식료품상 집앞에서」(1936) 등을 그의 대표작으로 꼽았다.

권철은 계속해서 "김조규는 1937년 교편을 잡고 있던 시기에 「단층」, 「맥」의 동인으로 활동하던 시기에 모더니즘의 기법을 수용하여 전위적 성격을 지닌 시편들을 적잖게 발표하였다. 이를테면 시 「오후 두시의 산곡」(1937), 「오후」, 「북으로 띄우는 편지」(1937), 「묘(猫)」(1938), 「피곤한 풍속」(1939)이 그 좋은 례로 된다."고 평가하고 있는데, 이 시편들은 중국에 이주하기 이전에 한반도에서 발표한 작품들이다.

권철이 다루고 있는 그의 중국 이주 이후의 시편들은 「두만강」(1939년 회령에서)과 「북행열차」(1941년 조양천에서) 등 삶의 터전을 일제에 빼앗기고 쫓겨난 북행열차를 타지 않으면 안되었던 겨레의 참담한 수난의 아픔을 그리고 있다.

> 아 고향도 이제 등뒤에 멀어진다
> 어릴 때 범나비 쫓아 오르던 언덕엔
> 락엽이 찬바람에 울리라
> 나도 나의 벗들처럼 돌아오지 못하는

---

8) 『중국조선족문학-상』(연변대학출판사, 2000년, 149쪽).

류랑의 고혼으로 광야에 묻힌다 해도
노을은 무덤 우에 붉게 비쳐주리니

두만강 수난의 기슭이여 잘 있으라
이제 내가 디딜 새 지면에
어쩌다 활짝 핀 들장미라도 있어
나를 맞아줄지 누가 알랴

아, 돌아올 기약도 막막한
추방당한 길손의 나그네 길에
비록 거품처럼 사라질 꿈이라 해도
희망을 버리지 말자 말해주는
물소리 높은 강언덕에
내 마지막 인사를 보낸다.

—김조규의 시 「두만강」 중 일부(뒷부분)

  권철이 갈파한대로, 그는 우리 겨레가 일제의 침탈에 의하여 처참하게 처한 수난에 대하여 심도있게 토로하고 있음을 알 수 있다. 그가 일본경찰의 눈을 피하여 건너간 중국 땅도 그에게는 안식의 장소가 될 수 없었던 것이다.

  (전략)
아 고향도 이제 등뒤에 멀어진다
어릴 때 범나무 쫓아 오르던 언덕엔
락엽이 찬바람에 울리라

나도 나의 벗들처럼 돌아오지 못하는
류랑의 고혼으로 고향에 묻힌다 해도
노을은 무덤 우에 붉게 비쳐주리니
          *
두만강 수난의 기슭이여 잘 있으라
이제 내가 디딜 새 지면에
어쩌다 활짝 핀 들장미라도 있어
나를 맞어줄지 누가 알랴

아, 돌아올 기약도 막막한
추방당한 길손의 나그네 길에
비록 거품처럼 사라질 꿈이라 해도
희망을 버리지 말자 말해주는
물소리 높은 강언덕에
내 마지막 인사를 보낸다

—「두만강」(1939년 회녕에서)

안개 짙은 밤
나는 그늘진 나의 청춘을 안고
북행렬차에 실려
도망치듯 고향을 떠났노라

…중략…

차바퀴소리 요란한 것 보니

두만강 다리를 건너는가보다

벌써 대지는 얼어

북만에 대지는 얼어

북만에 눈발이 섰다는데

홋적삼 토스래로 이제

대륙의 칼바람을 어이 견뎌낼 것인가

…하략…

—김조규의 시 「북행렬차」(1941년 조양천에서)

권철 교수는 김조규의 시를 소개하면서 "당시 우리 겨레가 처하였던 참담한 운명에 대한 생생한 묘사를 통하여 겨레의 수난상을 깊이 있게 파헤치고 있다."고 갈파하였다.[9]

(전략)

너의 양 길손 흰저고리와 다홍치마는 〈하나꼬〉라는 낯선 이방 이름과는 조화되지 않았으니 너의 검은 머리채속에는 네가 잃어버린 것 그러나 잊을 수 없는 것들이 숨쉬고 있는 것이 아니냐?…

(중략)

그리고 그리고 한마디 물음에도 빨개지던 네 얼굴을 후려갈기던 집달리의 욕설, 끌려가던 돼지의 비명, 아버지의 긴 한숨과 어머니의 통곡소리…아아 채 여물지도 못한 비둘기 할딱이는 네 젖가슴을 우악스런 검은 손에 내맡기고 너의 정조를 동전 몇잎으로 희롱해도 너는 울지도 반항도 못하고 있고나.

---

9) 『중국조선족문학』(상)(권철 저, 연변대학출판사, 2000년, 151족).

술상 건너 깨어지는 유리잔과 정력의 랑비와 란폭한 욕설, 순간
에서 영원한 쾌락을 찾는 환락의 일대 광란속에서 시드는 너의 청
춘을 구원할 생각도 없이 웃음과 애교로 생존을 구걸하고 있으니
슬프다. 유리창은 어둡고 밤은 깊어가고 거리에는 궂은비 주룩주룩
서럽게 내리는데 "누나가 보고싶어 누나가 보고싶어" 네 어린 동생
의 영양실조의 눈동자가 창문에 매달려 들여다보는데도 너는 등을
돌려대고 내게 술잔을 권하고 있으니.
   아아 버림받은 인생은 내가 아니라 〈하나꼬〉 너였고나. 〈미스
조선〉 너였고나.

— 김조규의 시 「카페 미스 조선」

   이 시에서는 조선족의 순진한 처녀에 대한 연민의 정이 여실히 나
타나 있다. 그것은 약한자의 슬픔을 외면하지 못하는 측은지심의 발
로이다. 조선족 처녀가 정조를 유린당하고도 웃음을 팔지 않을 수
없는 처절한 수난의 삶을 외세에 짓밟힌 고국이라고 하는 민족적 차
원으로 확대, 승화하고 있다.

   (전략)
   한밤에도 너는 잠들지 않고 윙윙거리는 뜻 모를 소리를 창문 덧
문 굳게 빗장한 내 사색의 성채(城砦) 안에서도 들을 수 있었다.
   눈보라 기승치는 이런 밤이면 으레 밀림에서 총소리가 울리고 우
등불이 타올랐으니 매맞아 죽은 아버지와 굶어죽은 어머니와 불타
죽은 동생의 원한이 그 불길 속에서 황황 타고 있음을 말없는 천년
원시림들 어찌 모르냐? 거목들은 어깨를 비비며 불길을 일으키고
말라 시들은 락엽은 그 몸을 불에 던지고 나무 가지들은 하늘 높이

불꽃을 내뿜는 그 소리를 전선주 너는 통신하며 밤새 윙윙거리는
게 아니냐?

　총을 멘 그의 아들딸들이 잃어버린 고향 땅의 한줌 흙을 가슴깊
이 소중히 간직하고 조상네 옛 기억을 찾아 선혈로 흰눈을 물들이
며 백두산 밀림속을 걸어가고 있으니 전선주, 너는 그 속 전하려 대
륙을 바느질하며 강과 언덕 건너고 넘어 끝없이 뻗어가는 것이구
나.

—김조규의 산문시 「전선주」

　이 산문시는 그의 혁명적인 낭만성이 모더니즘 기법으로 살아나
고 있다. 전선주의 유추를 통해서 내면의식을 유감없이 표출하고 있
음이 분명하다. 일본제국주의라는 외세의 무단적 탄압과 수탈에 반
기를 든 혁명의식으로 처절한 비극적 운명을 극복하기 위한 신념의
지향성을 보이고 있다.

고향 사투리가 듣고 싶어
오가는 사람들로 붐비는
저녁 정거장으로
내 창랑(踉踉)히 나아가다

예서 고향이
몇천 몇백리이뇨?
남행렬차에 탄 길손이 부러워라
보내는 사람도 없는데 손을 들어
멀리 사라지는

푸른 신호등을 바래주노라

인생의 뭇자국 어지러운
3등대합실
행복보다도 불행으로 가득 찬
3등대합실

(할머니 그 늙으신 몸에
북행렬차를 더 타시렵니까?)
눈물의 북쪽만리 아하하
쫓기우는 족속이여

조막발 이방의 아가씨가
인형처럼 아장아장
문을 열고 들어섰다

슬픈 석고상처럼 창턱에 기대여
낯선 거리의 저무는 풍경을
실신한 듯 내다보는 젊은이도 있다

아, 언제 닥칠지도 모를
그 무서운 폭압의 채찍이 내리기 전
나도 어디든지 떠나야 할 것 아닌가
한마디 고별의 인사도 없이
밤차에 숨어

밤차에 홀로…

―김조규의 시 「3등대합실」

이 시는 김조규의 대표작의 하나로 꼽히고 있다. 조선족 이민사의 축도라 할 수 있는 이 작품에는 뜨겁게 용해된 민족애가 보인다.

연기에 취한
종달새가 포독거리여
상천(翔天)의 의욕에 불타고 있으나
너는 영영 연기에 질식할
한 마리 아름다운 금붕어
그러나 너는 불쌍한
네의 숙명을 미화할 줄도 모르고
관념할 줄도 모르고
추한 화장으로
산호를 대신하려 하니
슬프다 유리창은 흐리여 유리창은 흐리여
창밖은 주룩주룩 밤비 떨어지는데
술잔을 든 네의 백수가 류달리 히고 여윈 것은
내가 묵(默)하여 담배만 피우는 탓이였다.

―김조규의 시 「조선의 얼굴」 중 후반부

김조규에게서 가르침을 받은 설인(雪人)은, 삼엄한 일제 말기의 악랄한 분위기 속에서 자주독립의 민족정신을 함양하던 스승을 '조선어문과외 써클활동'과 관련하여 다음과 같이 기록하였다.

일제의 동화정책은 조선민족에게서 말을 빼앗는 것이 급선무로 나섰다. 그래서 1940년 전후부터 중소학교에서 점차 조선어문을 가르치지 못하게 되었다. 이런 상황에서 김조규는 조양천중학교 재임시기 과외로 조선어문 강의를 하였다. 프린트를 하여 〈춘향전〉, 〈청산별곡〉 등 조선고전문학에 일본인 교장의 눈을 가리우기 위해 일본의 단가(短歌)니 하이구(俳句)니 하는 것들을 섞어가며 열심히 학생들에게 가르쳤다. 〈햄리트〉, 〈돈끼호테〉 등 서구의 유명한 작품들도 소개해 주었다.

민족의 주요형식은 말(언어문자)이다. 본민족의 력사와 함께 이 말을 잊어버리면 그 민족은 망한다. 이것을 뼈저리게 느낀 그는 일제의 눈을 피해 가며 민족어문과 력사교육을 감행하였다. 그의 이러한 교육사상은 조국애와 련결되어 일제의 민족문화말살정책에 합리한 수단으로 정면으로 반대하여 나선 것으로 된다.

어느날 력사시간이였다. 일어로 하던 강의를 조선어로 바꾸었다. 비장한 안색이였다. 그러면서 그는 교과서에는 전혀 없는 조선민족사에서 가장 예민하고 자랑스러운 부분인 고구려, 발해, 3. 1운동에 관한 력사를 간직하게 학생들에게 가르쳤다. 선생은 낮으나 저력 있는 말소리였고 학생들도 어쩐지 가슴이 두근거렸다.

조선력사강의를 끝마친 선생은 "내가 너희들을 믿고 한 말이니 들었다고 하지 말라."고 하였다. 과연 선생의 말씀대로 학생들은 입을 옥물고 말하지 않았다.[10]

유치환(柳致環)은 1908년 7월 14일 경상남도 충무에서 태어났으

---

10) 『연변문학』(연변문학월간사, 2001. 8. 182쪽, 「시인 김조규의 '재만' 시초」)

나 일본에 다녀온 후 평양과 부산을 전전하다가 교육계에 종사했고, 일제 말기에는 가족을 거느리고 만주 흑룡강성 연수현(滿洲黑龍江省煙首縣)으로 이주하여 농장을 경영 관리하다가 1945년 6월에 옛 고향으로 돌아왔다. 그는 그곳의 광야를 배경으로 호방한 기상을 기를 수 있었다. 일제의 압제를 피하여 권속을 거느리고 북만주로 가서 농장을 관리할 무렵의 작품은 「내 차라리 생기지 않았던들(青色紙 5호, 1939. 5)」「山(인문평론 3호, 1939. 12)」「내 너를 내세우노니(文章 2호, 1940.1)」 등이며, 특히 「절도(絶島, 인문평론 13호, 1940. 11)」는 만주의 광활한 들판에서의 고독감을 절절히 읊는 것이다. 「수(首, 국민문학 5호, 1942.3)」「절명지(絶命地)」 등도 이 무렵의 작품이다.

청마 유치환은 시 「정적(靜寂, 문예월간, 1931)」을 발표하면서 문단에 나왔다. 욕된 삶을 철저히 거부하는 내적 의지의 소유자인 그는 너그럽고 관대한 인품의 소유자라는 평판이 높았는데, 애석하게도 1967년 2월 13일 부산에서 교통사고로 사망했다. 그의 제2시집 『생명의 書(행문사, 1947)』는 만주 방랑 때의 시편이 대부분이나, 여기에 수록한 「생명의 서(동아일보, 1938. 10. 19)」「日月(文章 3호, 1939.4)」 등은 그의 대표작으로, 허무와 고독을 극복한 강인하고 웅건한 의지가 보인다.

향수는 또한
검정망토를 쓴 고양이런가
해만 지면 은밀히 기여와
내 대신 내 자리에 살짝이 앉나니
마음 내키지 않아

저녁상도 받은양 밀어놓고

가만히 일어 창에 가 서면

푸른 목색의 먼 거리에

우리 아기의 얼굴 같은 등불 두엇!

—유치환의 시 「향수」

내 죽으면 한 개 바위가 되리라

아예 애련에 물들지 않고

비와 바람에 깎이는 대로

억년 비정의 함묵에

안으로 안으로만 채찍질하여

드디어 생명을 망각하고

흐르는 구름

꿈꾸어도 노래하지 않고

두 쪽으로 깨뜨려져도

소리하지 않는 바위가 되리라

—유치환의 시 「바위」

그의 시 「향수」에서는 "검정망토를 쓴 고양이"가 복합적 이미지를 거느리며 다가오는 심리세계를 엿볼 수 있다. "검정 망토"가 내비치는 이미지, 그것은 '어둠'과 '망토'가 지니는 악주권의 세력과 그 세력을 뒷받침하고 있는 힘의 과시 앞에 어쩔 수 없이 순응하지 않을 수 없는 피침성과 절망적인 고독의 양태를 의미한다.

여기에는 권철이 말한 대로 "찾아온 고장은 너무나도 낯설고 삭막

하고 매정한 공간"이었고, "되돌아가고 싶어도 갈 수 없는 자신의
처지, 이럴 때마다 고향에 대한 그리움의 회한, 자책의 정은 그를 못
견디게 한" 것으로 보인다.

처절한 향수를 자아내는 그의 심층심리에는 그를 방랑하게 하고,
수난자가 되게 한 일제 식민통치라고 하는 어둠의 세력이 "검정 망
토"라는 상징적 사물로서 표현되어 있다 하겠다.

「바위」는, 말이 소용없는 질곡의 암흑시대에는 차라리 묵비권이
상책이라는 자각에 기대어 그 부동의 사물에서 매력을 찾은 것으로
보인다. 그 어떠한 시련이나 고통에도 변함없는 부동의 의지가 그에
게 매력으로 보이는 것은 그의 내부에 바위와 같은 동질의 의지적
지조로서의 영원성과 불변성이 내재되어 있기 때문이라고 해석할
수 있다. 이는 시인과 사물(바위) 사이의 뗄 수 없는 불가분의 관련
성과 상사성(相似性)에 기인된다.

> 나의 知識이 毒한 懷疑를 救하지 못하고
> 내 또한 삶의 愛憎을 다 짐지지 못하여
> 病든 나무처럼 生命이 부대낄 때
> 저 머나먼 亞喇比亞의 沙漠으로 나는 가자.
>
> 거기는 한 번 뜬 白日이 不死身같이 灼熱하고
> 一切가 모래 속에 死滅한 永劫의 虛寂에
> 오직 알라의 神만이
> 밤마다 苦悶하고 彷徨하는 熱沙의 끝.
>
> 그 烈烈한 孤獨 가운데

옷자락을 나부끼고 호올로 서면

運命처럼 반드시 〈나〉와 對面케 될지니,

하여 〈나〉란 나의 生命이란

그 原始의 本然한 姿態를 다시 배우지 못하거든

차라리 나는 어느 砂丘에 悔恨 없는 白骨을 쪼이리라.

―유치환의 시「生命의 書」

이 시는 그의 제2시집(생명의 서, 행문사, 1947)의 표제 제목이기도 하다. 광복 전의 만주에서의 삭막했던 생활을 소재로 표현한 작품이다. 김용직은 그의 책(한국현대시사, 한국문연, 1996, 324)에서 "一切가 모래 속에 死滅한 永劫의 虛寂으로 규정된 사실은 주목을 요한다."고 하면서, "초자연과 함께 초인간적 단면이 검출된다"고 하였다.

그의 시 「생명의 서」(동아일보, 1938. 10. 19)는 허무와 고독을 극복한 강인하고 웅건한 의지를 보여주는데, 「日月」(文章 3호, 1939. 4)과 함께 대표작으로 꼽힌다.

함형수(咸亨洙) 시인은 1914년 함경북도 경성의 빈한한 가정에서 태어났다. 그는 향리에서 소학교를 마치고 경성(함흥?)고보에 진학하였으나 재학시절 광주학생운동을 지지성원하는 시위(1929.11)에 나간 것이 죄가 되어 당국에 구속되었다가 간신히 풀려났다. 그 사건으로 학교를 퇴학당한 후 중앙불교전문학교 문과에 진학하여 공부하는 한편 시창작에 정진하였다. 그는 당시 거기에서 서정주 김동리 등을 알게 되어 본격적으로 문학에 투신했다. 함형수가 시단에 본격적으로 나서기는 동아일보신춘문예에 「마음의 단편」(1935)이 입선되면서부터이다. 서정주와 함께 『시인부락』을 창간(1936)한 그는 『시인부락』 창간호에 「해바라기의 碑銘」「홍도(紅桃)」 등 4편을 발표했고, 이어 2집에는 「少年行」이라는 제목 아래 「무서운 밤」「조개비」「소 있는 그림」 등 7편을 발표했다.

그 중에서도 「해바라기의 비명」은 특별한 호평을 받게 되어 시단의 총아로 일컬어지게 되었다. 그러나 그는 생활난으로 인하여 중앙불교전문학교를 중퇴하고 서울에서 전전하다가 1937년 말 가족과 함께 중국으로 이주하였다. 만주로 건너간 그는 소학교 훈도 시험에 합격하고 도문공립백봉우급학교(圖們公立白鳳優級學校) 교원으로 근무했다.

8·15광복 후에 그는 관내에서 조선의용군부대에 들어갔다. 그러나 그는 입대 후 정신장애로 오는 질환에 걸려 1946년 봄에 퇴대하고 요양차 고향으로 돌아갔었으나 얼마 안 가서 심한 정신착란증으로 시달리다가 1946년 사망한 것으로 알려져 있다. 그가 남긴 작품은 많지 않으나 그 가운데 놀라울 정도로 성공적인 경지를 개척한 시가 있어서 1930년대 후반기 시를 논의하는 자리에서 빠지지 않고 거론된다. 함형수는 일제의 수난을 겪으면서도 민족적인 정서를 담은 시편들로 1930년대 후반을 장식한 시인이다.

> 나는 이 괴로운 지상에서
> 살기만은 조금도 희망치 않는다
> 어떠한 달가운 행복과 쾌락이
> 나를 붙들고 놓지 않는다 해도
> 그러나 나는 저 아득한 하늘을 쳐다볼 때
> 마음은 슬퍼지고 외로움으로 눈물이 자꾸 난다
> 저 나라에서도 나는 또 여기처럼 이렇게 고독할까봐
>
> —함형수의 시 「비애」

　함형수 시인이 이 지상에서 얼마나 많은 고초를 겪었으면 이 괴로운 지상에서는 두 번 다시 살기를 희망치 않은 것일까. 이 시에서는 이 세상에 대한 염세의 극치를 보게 한다. 마지막 결구, "저 나라에서도 나는 또 여기처럼 이렇게 고독할까봐"는 절망의 벼랑에서 저승의 불확실성에 대한 허무와 고독에 대한 표현이다.

　　나의 무덤 앞에는 그 차거운 碑돌을 세우지 말라

　　나의 무덤 주위에는 그 노오란 해바라기를 심어 달라

　　그리고 해바라기의 긴 줄거리 사이로 끝없난 보리밭을 보여달라

　　노오란 해바라기는 늘 太陽같이 太陽과 같이 하던 華麗한 나의

　　사랑이라고 생각하라

　　푸른 보리밭 사이로 하늘을 쏘는 노고지리가 있거든 아직도 날아

　　오르는 나의 꿈이라고 생각하자.

—青年畵家 L을 위하야

—함형수의 시 「해바라기의 碑銘」

　함형수의 시 「해바라기의 碑銘」(시인부락 창간호, 1936. 11)은 이 시인을 일약 시단의 총아로 일컬어지게 할만큼 호평을 받은 작품이다. 이 시가 그처럼 호평을 받을 수 있었던 것은 모더니즘의 기법이 번득이기 때문이다. 여기에는 낭만성과 함께 시각적 색채의식이나 형태의식을 중시하는 모더니즘 기법이 생동하는데, 이러한 근거는 이 시인이 지니는 개성과 함께 간접적으로는 동향인 정지용의 모더니즘을 수용한 것으로 보는 학자들의 견해도 간과할 수 없다.

　윤동주(尹東柱)는 1917년 12월 30일 북간도에서 태어났다. 그는

명동소학교와 용정의 은진중학, 연희전문학교 등을 졸업한 후, 일본 릿교(立敎)대학 영문과에 입학(1942), 그해 가을에 도시샤(同志社) 대학 영문과로 전학했다. 방학중, 귀향길에 오르기 직전, 항일민족 운동을 위한 사상범의 혐의를 받아 일경에 피검되어 2년 언도를 받고 일본 규수 후쿠오카형무소에서 복역중 1945년 2월 16일 옥사했다. 유해는 그의 고향인 용정에 묻혔고, 연세대 캠퍼스 내에 그의 시비가 세워져 있다.

윤동주는 중학 재학시절에 연길에서 발행하던 『카톨릭소년』지에 동시「오줌싸게 지도(1937.1)」「무얼 먹구 사나(1937. 3)」「거짓부리(1937. 10)」「병아리(1938. 11)」「빗자루(1938.12)」 등을 발표하였고, 연희전문 재학 때에 『조선일보』 학생란에 산문「달을 쏘다(1939.11)」, 『소년』지에 동요「산울림」을 발표하였다.

이어서 유작, 「쉽게 씌어진 시(경향신문, 1946. 가을)」가 발표되었고, 한국민족의 슬픈 자화상을 그린「슬픈 족속(백민, 1948.3)」「황혼이 바다가 되어〈白民, 1948. 10〉」, 그리고 자아에의 애증(愛憎)과 내적 갈등을 그린「자화상(현대문학, 1967. 12)」, 유년시절을 회상한「별 헤는 밤」, 죽음의 극한 상황을 그린「무서운 시간」, 쫓기는 피압박민족의 설움을 상징화한「또 다른 고향」 등의 수작을 남겼다.

유고 30편을 모아, 그의 친구(정병욱)와 아우(윤일주)의 주선으로 『하늘과 바람과 별과 시(정음사, 1948)』가 간행된 후 크게 각광을 받았다. 그의 시에는 기독교의 순교정신을 바탕에 깔면서도 허망한 존재의식이라든지, 자아에 대한 내적 응시와 분열, 일제에 감시를 받은 강박관념과 조국의 광복에 대한 염원이 드러나 있는데, 그의 고향인 중국 연변지역에서는 한국에 비하여 그에 대한 이해가 너무도 부족하다.

윤동주의 시는 심지어 일본에서까지 교과서에 오르고 있는데, 그의 고향인 연변지역에서는 그가 조선족 시인이었다는 것조차 모르는 어린이가 많다는 것은 이해하기 어려운 점이다. 물론 그것은 중국 조선족의 국가적 한계라든지, 조국광복 후 교육에 있어서도 북한의 영향을 크게 받아온 점 등을 감안한다면 이해할 수도 있겠지만, 윤동주 시인에 대한 몰이해에 대해서는 지나친 감이 없지 않다.

윤동주 시인의 일가는 '봉금령'이 폐지된 이듬해인 1886년에 중국으로 천입한 초기 이민이다. 결국 윤동주 시인이야말로 간도 땅에서 태어났고, 간도에서 자랐으며, 역시 간도 땅에 묻혀 있는 순수한 중국조선족 시인인데, 그가 어째서 몰이해를 받아왔는가 하는 문제는 앞으로 심도 있게 살펴볼 일이다.

정판룡은 그의 문집②(연변인문출판사, 1997. 47쪽)에서 "윤동주 일가 역시 기실은 명동촌의 창설자의 하나인 셈이다."라고 하면서 "윤동주는 두 말할 것 없이 초기 중국조선족문화의 전형적인 계승자인 것만은 사실이다."라 했다

정판용은 상기의 책에서 "윤동주의 시는 중국조선족 역사에서 가장 암흑했던 시기라고 할 수 있는 30년대 말부터 광복 전까지 집중적으로 우리 민족이 겪은 정신적 시련과 고통이 반영되고 있다"는 점을 들면서 "그의 결백과 지조는 바로 암흑기 중국조선족인민들의 정서의 집중표현"이라고 갈파했다.

이러한 주장은, 그 당시 열화처럼 타오르던 중국조선족의 반일무장투쟁은 1930년대 말엽부터 일제의 잔혹한 탄압으로 점차 사라지기 시작했고, 반일무장대오는 대부분 해산되거나 소련으로 전입하거나 지하로 들어가지 않을 수 없는 형편이었으므로 윤동주 시인으로서는 처절한 민족의 고뇌와 절규를 반영하지 않을 수 없었음을 나

타낸다.

　정판용 교수는 앞의 글에 이어서 "그를 오랫동안 고향사람으로 몰라본 데 대해 깊이 사죄하며 시인 윤동주야말로 우리 중국조선족이 낳은 가장 자랑스러운 아들의 하나라는 것을 확인하는 데도 그 의의가 있다."고 하였다.

　연변대학의 김호웅 교수는 윤동주의 비극적인 생애와 시세계를 논하는 자리에서 "어둠 속에 빛나는 한 줄기 빛"으로 집약하면서 그의 시가 가지는 궁극적인 가치와 감동의 비밀은 저항적인 성격을 지니는 데 있지 않고, 순수하고 순결한 서정화에 있다고 지적하였다. 일본인 오무라 마스오(大村益夫) 교수는 윤동주 시의 "부끄러움의 본질"에 대해서 다음과 같이 논하고 있다.

　　그의 작품은 그에 대한 아무런 예비 지식이 없이도 누구나 감동할 만큼 탁월하다. 쉬운 표현, 잘 이해할 수 있는 시어의 구사, 동요와 동시적인 데다가 문학적 향기가 짙은 그의 시 속에는 그의 순수하고 순결한 심성이 그대로 녹아들고 스며들어 있다. 특히 내가 좋아하는 「서시」, 「자화상」, 「별 헤는 밤」 같은 시는 세계적인 명시라고 나는 보고 싶다. 그의 시속에 담긴 저항의 소극성은 어딘지 가냘픈 감상에 흐른 면도 있다 하지만, 나는 오히려 그 나약한 저항적 요소가 더욱 강하게 느껴지는 요소라고 생각된다. 캄캄한 일제하의 암흑기에 윤동주는 한민족에게는 그 어둠 속에서 빛나는 찬란한 빛줄기였다고 나는 생각해 왔으며 그의 삶에 대해 존경의 뜻을 지녀왔다. 윤동주의 시 속에 그저 처절한 저항적인 면만이 부각되어 있다면, 나는 그처럼 그의 시 속에 몰입하고 매료되지 않았을 것이다.[11]

　여기에서 오무라 마스오 교수가 피력하고 있는 윤동주 시에 있어서의 "문학의 향기"나 "순수하고 순결한 심성"은 어디에서 기인되는 것일까. "오히려 그 나약한 저항적 요소가 더욱 강하게 느껴지는 요소라고 생각"되는 그 소성이 어디에 기인되는 것일까.

　이것은 물론 윤동주 시인이 천부적으로 타고난 제1의 천성에도 기인되겠지만, 사회활동을 하면서부터 얻어지는 제2의 천성도 무시할 수 없는 일면이다. 또한 오무라 마스오가 높이 사고 있는 윤동주 시의 "동요와 동시적인 요소"와 관련된 내용으로서 유소년 시절부터 영향받은 기독교의 순교정신을 간과할 수 없다. 그의 시에는 이러한 요소가 산재하여 있음을 본다.

　김호웅 교수도 윤동주의 욕됨, 부끄러움의 본질을 규명하기 위해서 부끄러움이 강조된 부분들을 뽑아 비교하는 가운데, "무화과 잎사귀로 부끄런 데를 가리고"(「또 태초의 아침」에서)를 거론하면서, "나는 이마에 땀을 흘려야겠다는 시행으로 미루어보아 기독교적인 원죄의식이 가져다준 겸손한 신앙인으로서의 부끄러움이다."라고 갈파한 것도 종교적 신앙심에서의 부끄러움을 중요시하고 있다.

　신앙적 차원에서의 부끄러움은 무엇일까. 윤동주에 있어서의 '하늘'은 단순한 창공으로서의 하늘(sky)이 아니라 동양적인 天(絶對存在)을 의미한다. 따라서 그에게 있어서 '하늘'은 '하나님'과 같은 동의어(同義語)이기 때문에 인간과 만물을 존재하게 한 원인적 존재로서의 하나님을 의미한다. 그러므로 그가 「序詩」에서 "하늘에 한 점 부끄럼이 없기를…"이라 표현한 것은 "하나님에게 한 점 부끄

---

11) 『문학사상사』(권영민 엮음. 윤동주문학연구, 1995, 「大村益夫」, 「나는 왜 윤동주의 고향을 찾았는가」).

럼이 없기를…"과 같은 뜻이다.

　인간은 연체로 되어 있는 사회적 존재이기 때문에 전체의 행복이 없이는 개인도 행복할 수 없다. 이러한 견해에서 볼 때 그가 동경해 마지 않던 '햇빛'과 '하늘'은 시인이 동경하고 있는 절대적인 이상 세계 바로 그것이다.

　시인은 혼탁한 사회에서 가장 민감함 반응을 보이는 자이다. 그것은 숨막히는 민감성이다. 윤동주는 어둠이 극에 달하던 일제 말의 질곡 속에서 숨막히는 반응을 보였다. 그것은 자아성찰에서 오는 뼈저린 참회와 인고, 그리고 순애정신(殉愛精神)이다.

　　　죽는 날까지 하늘을 우러러
　　　한점 부끄럼이 없기를,
　　　잎새에 이는 바람에도
　　　나는 괴로워 했다.

　　　별을 노래하는 마음으로
　　　모든 죽어가는 것을 사랑해야지
　　　그리고 나한테 주어진 길을
　　　걸어가야겠다.

　　　오늘 밤에도 별이 바람에 스치운다.

—윤동주의 시 「序詩」

　종교적 차원의 순교의식이 내비치는 작품이다. 잎새에 이는 바람에도 괴로워했다고 했는데, 왜 잎새에 이는 바람에도 괴로워했을까.

"꺾인 갈대도 마저 꺾지 않는다"는 성경 구절이 연상되는 시다. "죽어
가는 것을 사랑해야지"하는 이 말 속에 그 시대의 상황과 시인의 심
리가 여실히 반영되고 있다. 살아 있는 그 생존 자체를 부끄럽게 여기
는 박애사상은 그의 시 세계 저류를 관류하는 지하천이라 할 수 있다.

　…생략…
　별 하나에 추어과
　별 하나에 사랑과
　별 하나에 쓸쓸함과
　별 하나에 동경(憧憬)과
　별 하나에 시(詩)와
　별 하나에 어머니, 어머니,
　어머니, 나는 별 하나에 아름다운 말 한 마디식 불러 봅니다. 소
학교 때 책상을 같이 했던 아이들의 이름과, 패(佩), 경(鏡), 옥(玉)
이런 이국소녀(異國少女)들의 이름과, 비둘기, 강아지, 토끼, 노새,
노루, 프랑시스 쟘, 라이너 마리아 릴케 이런 시인의 이름을 불러봅
니다.

　이네들은 너무나 멀리 있습니다.
　별이 아슬히 멀듯이,
　어머님,
　그리고 당신은 멀리 북간도(北間道)에 계십니다.

　…생략…

그러나 겨울이 지나고 나의 별에도 봄이 오면
무덤 위에 파란 잔디가 피어나듯이
내 이름자 묻힌 언덕 우에도
자랑처럼 풀이 무성할 게외다.

—윤동주의 시 「별 헤는 밤」 중 일부

이 시에는 추억 속에서 동경(憧憬)과 그리움이 절절하게 녹아들어 있다. 그것은 별처럼 멀리 있는 어머니와 고향에 향하는 그리움 뿐 아니라 시인 자신과 직접 간접으로 인연되어 있는 모든 존재들, 유소년 시절의 친구들과 약한 동물들, 그리고 그 약한 동물들을 사랑했던 쟘과 릴케 등에까지 향하는 그리움이다. 이는 모든 존재를 사랑해야 하는 신의 무소부재성(無所不在性)과도 일치한다.

故鄕에 돌아온 날 밤에
대 白骨이 따라와 한 방에 누웠다.

어둔 房은 宇宙로 通하고
하늘에선가 소리처럼 바람이 불어온다.

어둠 속에서 곱게 風化作用하는
白骨을 드려다 보며
눈물짓는 것이 내가 우는 것이냐
白骨이 우는 것이냐
아름다운 혼이 우는 것이냐

志操 높은 개는
밤을 새워 어둠을 짖는다.

어둠을 짖는 개는
나를 쫓는 것일 게다.

가자 가자
쫓기우는 사람처럼 가자
白骨 몰래
아름다운 또 다른 故鄕에 가자.

—윤동주의 시 「또 다른 고향」에서

고향 상실에서 오는 불안심리가 절망의 벽을 넘고 있다. 그의 고향(북간도)은 이미 일제의 질곡에 묶인 채 신음하고 있는 상태였다. 그의 고향 상실은 죽음과 친숙한 백골을 동반한다. 그의 고향은 쫓기는 자의 안식처가 되지 못하고 있었다. 자유와 평화를 누릴 수 있는 안락한 장소가 아니라 질식할 것 같은 불안한 무덤 같은 곳이었다.

이 시에서 주목되는 점으로서, 어둠 속에서 풍화작용하는 백골이 운다는 구절인데, 김호웅 교수는 다음과 같이 피력하고 있다.

"따라서 "백골", "나", "아름다운 혼"이라는 이 시의 상관관계들이 밝혀진다. "백골"은 본질적인 자아, 즉 고향의 어둠에 질식을 느끼고 쫓겨가는 자아를 말하고, "아름다운 혼"은 이상적인 자아를 말한다고 할 수 있을 것이다.…어둠 속에서 점점 상실되어가는(풍화작용하는) 삶의 터전에 대한 본질적인 자아, 현실적인 자아, 미래적인 자아의 탄식으로 형상화한 것이다. 또 이 세 가지 자아는 서로 모순되고 갈등을 빚어내고 있으니 현실적 자아는 본질적 자아를 포기하고 미래적인 자아를 동경하게 되는 것이다. 하기에 시인은 밤을 짖는 지조 높은 개에게 쫓기듯 아름다운 고향을 찾아 또다시 정처없이 떠나는 것이다. 이 점에서 고향상실과 그 비애 및 새로운 세계에 대한 신념과 동경은 윤동주 시세계의 정서적 원형을 이룬다고 볼 수 있다.[12]

전하는 자료에 의하면, 1930년대 후반의 만주 지역은 일본에 합병된 한반도 지역보다 물론 제한된 자유이기는 해도 다소 자유가 남아 있었기 때문에 한반도 지역의 문인들이 이 지역으로 찾아들게 되었다. 우리 한글로 『만선일보』 등 신문과 단행본들이 출간될 수 있었던 점만 보아도 제한된 자유의 공간 속에서 주어진 허상이라 할 수 있다.

그 당시, 독립운동가들과 진보적인 종교인들은 학교와 교회를 세우고, 교육과 계몽에 힘쓰는 한편, 여러 가지 신문과 잡지 등 간행물들을 발간하였다. 한반도에서의 문예활동에 대한 검열은 통감부 이전인 구한말부터 시작되었지만, 中日戰爭 무렵부터 잇달아 공포, 시행된 "불온문서임시취체법"(1936), "국가동원법"(1938), "국가보안법(1941), "언론, 출판, 집회, 결사 등에 대한 제한령"(1941) 등에 의해 그 규제와 탄압은 극심해졌다.

그 당시 중국조선족 향토작가로서 이욱, 김창걸 등과 강경애, 안수길, 윤동주, 박팔양, 박계주, 신영철, 황건, 현경준, 김국진, 이학

---

12) 金虎雄, 『在滿朝鮮人文學硏究』(국학자료원, 1997. 101쪽).

인, 유치환, 박영준, 윤영춘, 김조규, 함형수, 송철리, 천청송, 조학래, 신서야, 한찬숙, 신상보, 장기선, 채정린, 신언룡, 전몽수, 함석창 등 30여명의 문학가들이 작품활동을 했는데, 이러한 역사적 과정 속에서 재만조선인문단이 형성되었다.

김호웅 교수는 "1937년의 『만선일보』의 출간을 계기로 재만조선인문단의 중심은 신경으로 옮겨가지만, 아무튼 '북향회'의 성립은 만주조선인문학의 시작으로 된다."고 '북향회'를 중요시하고 있다. 자료에 의하면, '북향회' 창립 초기의 주요한 성원으로는 강경애, 이주복, 김국진, 박화성, 천청송, 엄무현, 윤영춘, 김유훈 등이며, 그 후 『북향』(1935. 10)지가 창간되면서 안수길, 박영준, 박계주, 신상보, 최영한, 이학인, 최문진, 김규은, 최순원, 김영일, 환원, 박훈 등이 가담함으로써 그 활동은 제2호(1936. 1)와 제3호(1936. 3), 그리고 제4호(1936. 8)에 이르기까지 활발했던 것 같다.

이 '북향회' 출신 시인으로는 천청송의 시 「異域의 밤」에 관심이 간다.

닭잡아먹던 옛일은
아릿다운 한폭의 그림이 되고 말았구나.
오랑캐영이 병풍처럼 둘러안고
멀리 아라사의 푸른 하늘을 바라다 볼 수 있는 곳
이 지역이 고향을 잃은 사람들의 보금자리엇다.
거츤 풀밧테 피는 한송이 박꽃
토실토실 피어나든 순이는
참으로 못잇게스리 예뻐젓다.

항상 살림에 쪼들리는 백성들이지만도
모래성싸튼 더벙머리쩍 아린시절은
아름다운 추억으로 엉켜진 비단방석갓탓다.

오색무지개 번진다든 마을움물에 물이 마르고
탐스럽게 부푸러가든 순이의 젓가슴이
뚱뚱보 맹가네집으로 가마타고 갈줄이야.

니빠진 호물딱 할멈말슴마다나
절문 사나히들이 모혀들든 순이네집은
우리들이 닭잡아먹은 후 기어코 집터가 비엇다.

—천청송의 시 「닭잡아먹던 집」

　　한 가정의 눈물겨운 수난사를 주시하는 시인의 심회가 순수무구
하다. 여기에서 특히 관심이 가는 사물은 "닭잡아먹던 옛일"과 아라
사의 푸른 하늘을 바라다볼 수 있는 "오랑캐영", "고향을 잃은 사람
들의 보금자리", 거츤 풀밭에 핀 "박꽃"과 중국인 맹가네 집으로 시
집 가는 "순이", 그리고 마지막에는 비어 있는 "집터"라 할 수 있다.
　　우리는 여기에서 순후한 인정미학을 보게 된다. "닭잡아먹던 옛일"
에서는 "닭서리"가 가져오는 향토적 인정미에 접근하게 되고, "오랑
캐영"에서는 고향 잃은 사람들의 보금자리이면서도 위태로운 국경
선에 위치한 불안전한 상태가 암시되고 있다. 그리고 "박꽃"과 "순
이"는 동류로서 상사성(相似性)이 암시되고 있다. 결국 예뻐진 순이
는 중국인 집으로 시집을 가고, 그녀가 살던 집터는 비어 있다고 하는
허무의식으로 수난자의 비애를 내비치면서 향수를 달래고 있다.

　　1915년경 용정 공농촌에서 출생한 천청송은 1930년대 초에 용정광명학원 사범부에 입학, 재학시에 당시 용정에서 발족된 '북향회' 활동에 참가하였으며, 1935년에는 『북향』지 편집위원을 지냈다. 1937년 광명학원 사범부를 졸업하고, 안도명월구소학교에서 교편을 잡다가 1940년대 초에 길림에 이주한 후 사무원으로 있으면서 창작활동을 하다가 북한으로 간 후로는 행방이 묘연한 것으로 알려져 있다.

　　전해지고 있는 자료에 의하면, 그는 1930년대 전반기부터 시작품을 발표하였으나 시단에 본격적으로 나온 것은 『북향』지에 시 「꿈 아닌 꿈」(1936. 3)과 「웃음의 철학」(1936.8)이 발표되면서부터라고 한다.

　　김호웅 교수는 "천청송의 시와 송철리의 시는 조선 전통시의 맥을 잇고 있다."고 단정하는데, 다음으로 송철리의 시 「명인(鳴咽)」을 살펴보고자 한다.

山 멋 넘었든고?
물 멋 건넛든고?
險路 數千里
候鳥처럼 차저와보니
꿈에까지 그리던 옛 복음자리
꿈에만 그릴 수 잇게 될줄
내 어이 아러스랴!
내 어이 아러스랴!
밤 深山가티 고요-한데
마음 도심처럼 소란타
님 뜨는 습속 버리고

꽃 피는 섬(島)차저 옴겨간 파랑새
孔雀은 놀든 곳에 깃(羽) 남기든데
그는 '로-즈'와 '키-쓰' 튼 곳에
꽃닙 하나 남기잔엇고나
이럴줄 稀微하게 짐작했거니
내 왜 왓든고?
내 왜 왓든고?
冷氣 슴이는 주막에서
외로이 등불 도두는 마음
이 무거운 밤 밀니기 전
도적인양 사라져야는 나그네
아 -
밤 深山가티 고요-한데
마음 都心처럼 소란타.

—송철리의 시 「명인(鳴咽)」

기대를 걸고 찾아왔으나 환멸을 느끼지 않을 수 없는 절망적인 비애를 읊고 있다. 그것은 너무나도 황당한 현실에서 오는 실망과 좌절감에서 기인되는 절규 바로 그것이다. "險路 數千里/候鳥처럼 차저와보니/꿈에까지 그리던 옛 복음자리/꿈에만 그릴 수 있게 될줄"에서 "옛꿈"의 그 찬란했던 고구려나 발해의 꿈을 떠올리게 된다. 그러나 그 자리에는 "꽃닙 하나" 남김없이 흔적도 없이 사라지고 없다고 하는 허무의식에 젖은 채 이주해 온 것을 후회하고 있다. 결국엔 "冷氣 슴이는 주막에서/외로이 등불 도두는 마음/이 무거운 밤 밀니기 전/도적인양 사라져야는 나그네"에서 쫓기는 자의 슬픔을 절감하게 된다.

　송철리의 신원에 관한 기록은 발견되지 않고 있다. 그가 발표한 작품으로 미루어보아 1930년대 후반기에 등단한 시인으로 추산될 뿐이다.

　윤해영, 하면 가곡으로 불리어지고 있는 조두남 작곡의 「선구자」를 떠올리게 된다. 김영준의 『한국가요사 이야기』에는 "1932년 조두남의 이름을 듣고 만주의 용정에서 찾아온 윤해영이라는 청년으로부터 노랫말이 적힌 메모를 받아서 작곡한 노래가 '선구자'이다. 이 노래는 '용정거리'라는 제목으로 불려졌으나, 해방 후 '선구자'라는 제목으로 바뀌었다."는 기록이 있다. 윤해영에 관한 조두남의 다음과 같은 글은 「선구자」의 변화과정을 알 수 있는 단서가 된다.

　　해방을 맞고 나서 나는 과거에 한이 담긴 '룡정의 노래'라는 제목 대신 윤해영처럼 높푸른 기상을 지닌 독립투사들을 일컫는 '선구자'로 제목을 바꾸어 달았다. 또 유랑민의 서러운 심정이 뚝뚝 묻어나는 이, 삼절의 가사에서도 '눈물젖은 보따리'나 '흘러흘러 신세' 같은 구절을 빼버리고 '활을 쏘던 선구자', '조국을 찾겠노라 맹세하던 선구자' 등을 넣고 '지금은 어느 곳에 거친 꿈이 깊었나'는 일절의 것을 그대로 후렴으로 반복시켰다.[13]

　앞의 자료를 정리하면 윤해영의 「선구자」는 1933년에 창작되었고, 원래의 제목은 「룡정의 거리」 또는 「룡정의 노래」였으나 후에 수정을 가하여 「선구자」로 변개되었다는 결론에 이르게 된다.

---

13) 『뿌리깊은 나무』 (제1호, 1980, 146쪽).

일송정 푸른 솔은 늙어늙어갔어도
한줄기 해란강은 천년두고 흐른다
지난날 강가에서 말달리던 선구자
지금은 어느곳에 거친 꿈이 깊었나

용드레 우물가에 밤새소리 들릴 때
뜻깊은 용문교에 달빛 고이 비친다
이역하늘 바라보며 활을 쏘던 선구자
지금은 어느곳에 거친 꿈이 깊었나

용주사 저녁종이 비암산에 울릴 때
사나이 굳은 마음 깊이 새겨두었네
조국을 찾겠노라 맹세하던 선구자
지금은 어느곳에 거친 꿈이 깊었나

—윤해영의 「선구자」

　　1909년 함경도에서 출생한 것으로 알려진 윤해영 시인은 1930년대 후반부터 시를 발표했는데, 찾아볼 수 있는 광복 전 작품은 10여 편에 그친다. 그는 1940년대 초부터 1946년 6월까지 줄곧 흑룡강성 녕안현에 거주, 협화회 홍보고에서 사무원으로 있었던 것으로 문우들에 의해서 전해지고 있다.

　　寂寞한 江이로다.
　　거룩한 江이로다.
　　고원일혼 자식들 젓줄을 빨니기

海蘭江 百里 언덕에 주름ㅅ살은 잡혓느니

傳說의 물ㅅ줄기 더듬어 오르면

鈴蘭이 핀 언덕에 어진사슴이

호사스런 두 뿔을 빗쳐보든 時節엔

亭亭한 落葉松의 아지 가지가

銀河의 별빗조ㅅ차 가렷다건만

이주민의 斧에 歷史가 빗날 때!

쓸어지는 丸木의 도막도막을

가삼에 안고서 흘럿느니

銀河長長 天心에 별이 종종

流域에는 아리아리 人煙이 종종!

강낭ㅅ대 마디마디에 希望을 매즌

어진 族屬들이 벌떼처럼 茂盛해서

입이 필때면

기럭이가 울때면

懷鄕病 절믄이들의

로맨스도 실어갓다.

근심만흔 사나히들의

큰 뜻도 실어갓다.

한세기 數多한 이 地域의 歷史를

늘근 海蘭江 白沙場에 차즈리.

昭和十三年五月 於龍井

—윤해영의 시 「해란강」

역사의식이 치열하게 내비치는 작품이다. 조선족 이주민의 백년사를 유장하게 표현하면서도 "쓸어지는 丸木의 도막도막을/가삼에 안고 흘렀느니"에서 보여주는 것처럼, 피해자의 피침성이 치열하게 내비치고 있다. 특히 "懷鄕病 절믄이들의/로맨스도 실어갓다./근심 만흔 사나히들의/큰 뜻도 실어갓다."에서 내포된 복합적 이미저리의 잠세어(潛勢語)를 만나게 된다.

김호웅은 윤해영의 시 「해란강」에 대해 "해란강은 그야말로 이주민들의 생명의 젖줄이요, 투쟁의 활동무대요, 력사의 견증자였다."고 피력하면서 윤해영 시인에 대해 다음과 같이 해석하고 있다.

오늘은 강한 민족의식을 담고 래일은 반민족적인 의식을 담은 윤해영, 왜 반일 일변도나 친일 일변도로 나가지 못했을까? 이상할 것 없다. 전제통치가 군림할 때 억압과 울분을 느끼나 본디 나약한 체질이어서, 또는 일신의 안위나 곁달린 처자식 때문에 저항을 하지 못하는 게 일반 문화인의 생리이다. 항차 윤해영은 협화회 홍보고 직원으로 일본인들이 주는 밥을 먹은 사람이었다. 본의 아닌 직업이라 해도 일본이 주는 밥을 먹는 만큼 일본이 부추기는 만주국의 현실을 수용해야 했고 미화해야 했다. 하지만 그는 민족의 력사에 해박했고 인간적으로도 친절하고 인간애가 깊은 사람이었다. 하기에 그는 늘 정신적 갈등을 겪어야 했고 회고에 잠기면서 저항과 순응, 허위와 진실의 양자택일의 무서운 갈등에 번민하기도 했다.

5. 항일전쟁 후의 새로운 정세하의 문학
(1945~1949)

　1945년 광복으로 인하여 일제의 질곡에서 벗어나게 되자 중국조
선족은 중화인민공화국을 세우는 데 일조하였다. 1948년 3월에 심
양에서 열린 '동북문예공작자회의' 와 1949년 7월에 북경에서 개최
된 '중화전국제1차문화예술일군대표대회' 에 대표를 파견하였으며,
그 회의의 정신을 계승하였다.

　그 당시 중국조선족 시인들은 새로운 시대적 요청에 부응하여 다
양한 형태의 문학작품을 창작하기 시작하였다. 대체로 여기에 해당
되는 시인으로는 김례삼, 설인(이성휘), 임효원 등을 들 수 있다.

　김례삼 시인은 1913년 1월 1일 북청 성시 빈민가정에서 출생한
후, 광복 전 1930-1940년대부터 시작활동을 하였으나 생활상의 곡절
로 하여 중단되었고, 광복 후에 다시 계속하였으나 순풍년대가 길지
못하여 소위 말하는 반우파투쟁의 곡절, 문화대혁명의 곡절, 그리고
정배살이의 농촌 귀농까지 거쳐오는 동안에 설상가상으로 소위 '반
란파' 에 의해 검열을 받으면서 소실된 작품도 적지 않던 차에 그의
시우 리상각 시인에 의해서 1994년에 이르러서야 비로소 그의 시집

『인생의 고행길』(연변인민출판사, 1994. 12)이 발행됨으로써 면모가 일부라도 드러나게 되어 본 장에서 다루기로 하였다.

김례삼 시인의 본명은 김용호(金龍虎)였는데, 후에는 김용호(金勇豪)로 불리었다. 필명은 민우(民牛), 운파(云波). 중국 조선족 사회에서는 저명한 아동문학가로 알려져 있는 김례삼 시인의 창작 세계는 다양하다. 그가 창작한 노랫말 「고개길」은 중국조선족학교에서 모르는 학생이 없을 정도로 유명할뿐 아니라, 미술과 서예에도 조예가 깊어서 뛰어난 재질을 발휘하기도 하였다.

해방 전 1937년부터 미술에 종사하면서 선전포스터도 그렸는데, 치치할영림서 삼림포스터 3등상, 목단강성 애토포스터 2등상, 국가급 오족협화포스터 가작상, 녕안현 가축포스터 1등상에 입선한 경력만 보아도 이상(李箱) 시인이 연상될 정도로 뛰어난 재질이 인정되는 대목이다.

그는 어려서부터 신동으로 불리었지만, 극심하게 가난한 환경은 그로 하여금 어려서부터 힘겨운 잡일을 하지 않을 수 없게 하였다. 불평등한 사회에 대한 불만과 일제에 대한 적개심을 가지고 야학을 하다가 투옥되어 고초를 겪기도 했다.

신문배달을 하면서 보통학교를 졸업한 그는 리량수무역상사에서 점원으로 있다가 16세부터 흥남비료공장 창고계 급사를 지낸 후 노동판에서 막노동을 하기도 했고, 고향에 돌아와 인쇄견습공, 간판공 생활을 하기도 했다. 그는 다시 고향을 떠나 유랑생활을 하다가 1935년 흑룡강성 목릉현에서 교편을 잡기도 했는데 1937년부터는 목단강시에서 간판업에 종사하였다.

광복 후에는 목단강시 성시민운공작, 토지개혁 등에 참가하였고, 민주동맹기관지 편집원, 민맹청년부 문예공연, 신흥예술협회 1차

공연 등의 일을 했으며, 목단강시 민맹문공단 단장, 목단강시 민족
문공단 무단장, 송강성 로예문공단 조선대 대장, 연변문공단 부단
장, 연변문련준비위원회 비서장, 연변사범학교 교원, 연변인민출판
사문예편집실 주임 등을 역임했다.

　그는 시 「지는 가을」(동아일보, 1933)을 발표한 이래 문필생활을
하였는데, 1950년대 초부터 계속 정치운동의 박해를 받아왔음으로
후기에는 부득불 동시창작을 하다가 민간 이야기 수집을 했고, 말년
의 시창작은 미미했다. 민담집 『천도복숭아』(1980), 『꾀당나귀의
꿈』(1983), 동요동시집 『고개길』(1988), 시집 『인생의 고행길』(1994)
등을 펴냈는데, 그의 과작(寡作) 중에는 남달리 관심을 끄는 작품이
보인다. 광복 전의 작품과 광복 후의 작품으로 가름하여 본다면 다
음의 시를 떠올릴 수 있다.

　　　　부두에 흐르던 사람의 물결
　　　　혼잡도 이미 그쳤습니다
　　　　하늘을 찢던 기적의 칼날
　　　　출범의 선고도 그쳤습니다

　　　　다가붙는 갑판과 부두 사이에
　　　　떠나는 이와 보내는 이
　　　　전선없이 오고 가는 정연의 전파
　　　　색선없이 느러지는 시선의 테프!

　　　　핀트 맞았던 항구의 풍경화 움직입니다
　　　　핀트 맞았던 항구의 풍경화 축소됩니다

　　　　　*

선체를 물어뜯는 물결의 흰 이빨!
선체를 끌어안은 물결의 억센 힘!
이는 정열에 들끓는 바다의 포옹!

떨어지는 갑판과 부두 사이
급류로 교류하는 정연과 전파
직선의 탄력있는 시선의 테프!

팔딱이는 갈매기의 매력있는 흰 나래!
움직이는 바다의 탄력있는 큰 맥박!

벌써 항구의 풍경화는
핀트 맞지 않은 그림자입니다

벌써 갑판의 마음들은
안타까운 령위의 심정입니다

바람 안은 범선 백조떼같이 뒤로 멀어지고
희미한 항구의 그림자
달려오는 수평선 검은 선

—김례삼의 시 「출범」

　　이 시는 1934년 여름에 청진항에서 쓴 그의 작품이다. 배가 부두
를 떠나는 장면을 회화적으로 그리면서도 심정적인 내면의식을 표

현하고 있다. 떠나는 사람과 보내는 사람 사이에서 오고가는 그 심정적인 내면의식이 "색선없이 느러지는 시선의 테프!'로 집약되어 있다. "핀트 맞았던 항구의 풍경화 움직입니다/핀트 맞았던 항구의 풍경화 축소됩니다"는 마치 정확히 맞춰졌던 카메라의 렌즈가 떠나는 배의 움직임에 따라서 변화하는 사물을 신선한 현대적 감각으로 표현하고 있다.

다음으로 이어지는 물결의 "흰 이빨"과 "억센 힘"은 "정열에 들끓는 바다의 포옹"으로서 떠나는 사람과 보내는 사람 사이의 연결된 심정의 끈, 그 쉴새없이 오고가는 인연의 혈관 같은 것이다. 그것은 그 뒤로 이어지는 "급류로 교류하는 정연의 전파/직선의 탄력있는 시선의 테프!'로 연결된다.

그것은 결국 "큰 맥박"과 연결되고 "항구의 풍경화는/핀트 맞지 않는 그림자"로 이어진다. 결국은 맞았던 핀트가 맞지 않는 핀트의 그림자로 변화되는 과정은 눈앞이 흐려져서 대상이 바라보이지 않은 안타까운 심정으로서 보다 구체적인 상황은 독자의 몫으로 돌리는 여지를 남겨두는 부분이라 하겠다.

진작 잊어야 할 환멸같은 기억이다
두고 떠난 미련도!
가을 넘던 애수도!

아득한 지평선 달리는 기차
백주의 괴물같이 헐떡거린다

한 장 한 장 넘겨지며

차창을 스치는 대지의 그림폭!
밀림이 물결치는 만학천봉도!
시야에 범람하는 끝없는 옥야도!
산기슭에 옹송그린 아늑한 마을도!
어이어이 넘어가는 련접한 수전도!

어느 때나 그 속에서
전선주와
전선주는
이어뛰기 선수들!
서글퍼하는 환송도 없는
반가와할 살뜰한 영접도 없는
우리들은 카나안 젊은 기사다
가슴마다 홰불은 불꽃 날린다
기차는 헐떡헐떡 달음질치고
그 속에 우리들은 나라 잃은 이민단!

—김례삼의 시 「이민렬차」

　이 시는 1939년 목단강에서 쓴 작품이다. 나라 백성이 살길을 찾아 열차 편으로 이민을 가는 그 심회가 여실히 그려진 작품이다. 이는 마치 애급의 질곡에서 벗어나 홍해를 건너고 가나안 땅으로 향하던 모세의 일행, 그 속에서도 젊은 여호수아는 갈렙처럼 기대감과 불안감이 교차하는 내면심리가 내비치고 있다. "아득한 지평선 달리는 기차/백주의 괴물 같이 헐떡거린다"와 "가슴마다 홰불은 불꽃 날린다"가 그것이다. 또한 "전선주와/전선주는/이어뛰기 선수들!"

에서 기차가 전선주 가로 휙 휙 지나치는 속도감이 실감을 자아내게
하는 등 현대적 감각을 살려내고 있는 점도 특이한 점 중의 하나라
하겠다.

        아니 이게
        토지집조라는게임둥?
        그럼 정말
        우리 이름으로 나왔습둥?

        에이구, 원 기차기두 해라
        이런것까지도 내여주다니
        원! 이렇게 아슴책데라구

        토지를 노놔줄 땐
        못살던 집이라고
        기름진 옥답으로 분여해주더니

        오늘은 또 이렇세
        토지집조까지도 내여주다니
        실로 원 꿈같소꼬마!
        정말 꿈같소꼬마!

        내 나이 쉰살 거진 먹두라
        온성에서 만주까지 흘러왔지만
        실로 개값에도 못가면서

살아왔더니
우리 집도 이젠 살 때를 만났다오

그 세월에야
우리 같은 주제에사
논뙈기는 고사하고
방석만한 땅뙈긴들 차례졌을라고!

더군다나 이런 희한한 토지집조차
만져보긴 고사하고
언제 빛깔인들 봤을라구?

그저 하도 좋은 세월이라
헐벗던 사람 위한 세상이라더니
꼭 맞소꼬마
그 말씀이 꼭 맞소꼬마!

에구 이런 때
우리 북술 아버지 살았으면야
그 당신이 못쥐여본 집조를 들고
여북이나 기뻐서 춤췄을라구

한뉘 평생 제대로 못자시구
입을 것도 남들처럼 못걸치고
뿌지지한 그 잔밥 속에서

그놈 태돈에 누리고 깔리워
한뉘 평생 사래기도 못펴고 살더니…

에그 이 좋은 세월에
남들처럼 의젓이 주인구실 못해보구
차례진 땅집조도 만져 못보고…

에그 기차기도 기찬 게
그 못된 지주툰장 사슬푸른 그 등살에
보국대로 목매여 끌려나간 채
원통해라 한창 나이에
못살고 죽어오다니…

—김례삼의 시 「토지집조」중 전반부

이 시는 8.15광복 후인 1947년 6월 사도령자(四道嶺子)집조(執照)발급(發給)날에 쓴 시로 알려져 있다. 토지개혁에 참가한 그로서는 감개무량할 수도 있다. 이는 다양한 사고가 허용되지 않은 특수사회에서 오는 그 경직성을 감안한다면 이해할 수 있겠지만, 인간 본연의 본성에 비춰보게 될 때 문제가 없는 것은 아니다. 이 시는 사도령자(四道嶺子)라는 고장의 가난한 농민들에게 토지소유집조를 발급한 날에 쓴 글로서 토지개혁의 실상이 반영되고 있다.

이러한 사고방식은 어디까지나 노동자 농민에 의해서 생산력이 좌우된다는 맑스이론을 전제로 할 때 착취당했던 노동자 농민계급이 착취계급을 타도하고 평등사회를 이룩한다는 유물사관이라는 그럴듯한 역사관의 덫에 걸려들게 된다.

드디어 막잠에서 깨여났으니
어찌 분초라도 허수히 하랴
보람찬 생활이 시작됐으매―

지극한 그 정성 밤낮 따로 있으랴
해말간 한 몸이 밑창 나도록
심혈 다한 명주실 뽑아내기에―

지닌 실 남을세라 치를 다투며
마지막 반푼의 실오리마저
짜고 다 짜고서야 자리를 내는―

아, 비록 그를 벌레라지만
고즈넉이 몸바치는 기특한 마음
하기에 하늘의 벌레라누나

―김례삼의 시 「누에」

네 장한 그 뜻 내 아노라
한평생 그 소원이란
어둠과 맞서 심장 태우며
애오라지 열과 빛 다 뿜으려는 것

일단 그 기염 터질라치면
빠질빠질 그 온몸 다 녹이면서
빠작빠작 온 심장 타들 때까지

어둠 몰아내기에 지극한 성미!

누가 너를 연약한 몸체라던가
네 뜻 하냥 밝고도 뜨거웁거니
그 어둠 태워 얼마드뇨

그 한몸 태우고 태우다 못해
마지막 숨이 질 순간에마저
아, 최후의 심지 재불 확 돋구며
깜빡 종언을 고하는 휘황한 여광이여!

—김례삼의 시 「초불」

이 두 편의 시는 모두 생산적인 요소를 내포하고 있다. 1980년 1월에 쓴 「누에」는 명주실(비단)을 생산하는 존재라면, 1983년 3월에 쓴 것으로 전해진 「초불」은 빛(열)을 생산하는 존재임에 틀림없다. 결국 명주실을 생산하는 누에는 "하늘의 벌레"로, 그리고 빛(열)을 발산하는 촛불은 "휘황한 여광"이라는 결정체를 보인다.

이 외에도 관심을 끄는 작품으로는 「입항」, 「농추점경」 등이 있다. 그의 시에서는 비교적 정제된 언어로서 언어의 구조조정이라 할까 긴축정책을 시도한 흔적을 보게 된다.

설인(雪人) 시인의 본명은 이성휘(李成徽)였으나 전국적으로도 유명한 길림의 겨울 설경을 즐기다가 생각해 낸 필명이 雪人이라 했다. 티없이 순수하면서도 하얀 눈을 좋아하는 그는 몹시 외로울 때면 발목까지 쌓이는 밤눈길을 밟곤 하였다. 1921년 3월 18일 중국 연길에서 출생한 그는 1943년 일본 와세다대학 문과 통신학부를 졸업한 후 1946년에 시 「교정」을 발표하면서 문단에 데뷔했고, 연변대학 조선어문학부에서 교편을 잡았다. 그러나 그의 창작활동은 평탄할 수가 없었다.

1949년 7월 16일부터 11월 5일까지 4개월 동안에 걸쳐 지상토론, 좌담회 등의 형식으로 벌인 비판운동에 그의 시 「밭둔덕」이 걸려들면서부터 타격을 받기 시작하였다.

　　샛말간 6월의 하늘 아래

　　벼와 조, 콩과 수수

　　파아란 잎새를 나풀거리며

　　땀을 씻어가는 하늬바람에

　　허리를 굽혔다 폈다

　　한창 자라나는 굴신운동이 야단이고

　　시내가와 멀리 가까이 보이는

　　마을마을의 울타리마다에는

　　백양, 비수리, 능수버들에서도

　　짙은 초록빛 물감이

　　뚝뚝 흘러내릴 듯

　　엽록소 쫙쫙 뻗어가는

　　6월의 대지는 젊기도 하이.

　　…생략…

　　—지금은 우리 군대

어드메쯤에서 승리하는 소리

와와 웨치며 돌진하고 있을가…

잠간의 쉬임도 송구진 듯

벌떡 일어나 다시 호미 잡으며

〈여보게,

오늘 해지기 전 이 떼를 끝내야 하네.〉

　　　　　　　　　—설인(이성휘)의 시 「밭둔덕」중 일부

　1946년 6월 할아버지를 따라 조밭 김을 매다가 쉬는 참에 쓴 이 작품은 풍부한 정서와 건전한 사상으로서 해독을 끼칠만한 근거를 찾아볼 수 없는 시인데도, 이 시가 비판운동에 걸려들어 "자연을 묘사하는데 그저 무비판적으로 순간적인 인상을 가지고 전편을 대체하고 말았다."거나, "아직 농민의 감정을 완전히 바탕잡지 못하고 한낱 리설인 동무의 소자산계급 지식분자의 감정으로 이 작품을 창작하였다."는 식으로 비판을 받게 되어 타격을 입게 되었다.
　이 문제에 대한 설인 시인의 소회를 적어보면 다음과 같다.

　밭둔덕이라는 이 시는 자연 묘사를 통해서 고향과 조국을 생각했단 말입니다. 그 때는 1948년에 해방하고, 만리장성을 1949년에 넘었단 말입니다. 우리 군대가 전진하는 속도가 아주 빨라서 '지금은 우리 군대/어디메쯤에서 승리하는 소리/와와 웨치며 돌진하고 있을가…' 라고 했던 것입니다. 나는 진군하는 군대의 속도가 빠르니까 어디메쯤에서 승리하는 소리 와와 웨치며 돌진하고 있을가라고 썼단 말입니다. 나를 보고 소자산계급이라 했는데, 그것도 기본상 접수가 아니됩니다. 소자산계급이란 유산계급과 무산계급의 중간에 있기 때문에 눈치를 보며 동요하는 성분이라는 말입니다.

우리 가정을 놓고 보면 조선독립운동을 하다가 작은할아버지 두 분이 희생되었고, 또 삼촌 중에는 세 분이 사회주의운동을 하다가 희생되었습니다. 그런 가정에서 내가 태어났고, 우리 가정은 삼십년 동안 소작농을 했는데, 무슨 소자본가 계급입니까. 접수할 수 없다 말입니다.

―2001년 8월 25일 증언

초근목피의 항일의 불꽃
천척 하늘 높이 야공에 치솟아 오르면
뜨거운 불꽃도 보았겠고,
수천년 고통의 매듭이였던 밭지경을
격양가 드높이 갈아엎으며 나아가는
이 땅 인민들의 울려퍼지는 노래도 들었으리라!

내 나이 어릴 때 애숭이 짝패들과 함께
왜놈의 〈바가야로〉와 지주놈의 〈호령〉에
몸 둘 곳 없어 망서렸으되
푸르하트여!
너만은 벌거숭이로 멱감으며 뛰노는 우리를
어머니 품속인 듯 언제나 반겨주었지!

―설인의 시 「푸르하트강」 중 일부

"내가 만일 적탄에 맞아 쓰러졌어도
동무여, 내 옆에서 발걸음 멈추지 말라!
저기 조선인민의 원쑤 미제가 달려들거늘…"
이렇게 말한 영웅 황계광 전우가

"나의 청춘도 아름답고
나의 미래도 아름답다만
조국 앞에 이바지한 청춘, 더욱 아름다워라!"
이렇게 말한 영웅 리수복 전우가

아니,
피로써 맺어진 전체 조선인민의 전우요
중국인민이 가장 사랑하는 사람인
영웅 지원군 전사가

마지막 호흡을 몰아쉰
아직 식지 않은 동무의 주검을 뒤에 남기고
눈에 불꽃 날리며 맹호인양 적진에 뛰여들어
백배, 천배로 원쑤갚던 영웅이

"아저씬 고향엘 돌아가지 말래두요!"
어깨를 들먹이며 얼굴에 가슴을 묻는
조선의 어린 것을 안고 선
영웅 지원군의 눈에, 눈물이 고였구나!

원쑤들의 탄환을 가슴에 받고 길이 간 동무를 생각하여 조선인민
의 두터운 육친의 정을 생각하여 적들에게 엄마아빠를 잃은 처절한
어린 것을 생각하여 아, 그보다도 국경도 언어도 훌쩍 뛰여넘은 어
린것의 곱고 순진한 사랑을 생각하여 우리 영웅의 눈굽에 눈물이
고였구나! 피보다도 후덥고 진한 눈물이…

—설인의 시 「피보다도 진한 눈물이」 중 일부

앞의 시 「밭둔덕」(1949)은 인간이 원초적으로 추구하기 마련인 식
물성정신의 순수시라면, 뒤의 「푸르하트강」(1957)과 「피보다도 진
한 눈물이」(1959)는 피비린내가 나는 동물성이나 광물성의 금속성
마찰음이나 화약냄새가 풍기는 역겨움을 동반한다. 이는 설인 시인
의 근원적인 의지와는 상관없는, 사회적 강요에 의해 어쩔 수 없이
길들여지지 않을 수 없는 특수사회에서의 불행한 현상이다.

시의 예술적 본질에 입각해서 보게 되는 경우, 오히려 시의 가능
성은 처음의 「밭둔덕」에서 찾을 수 있다. 물론 그 시 자체가 완벽한
성공작이라고 할 수는 없지만, 아직 미숙한 결점이 보이는 데에도
불구하고 그 시를 보다 높게 사는 이유는 인간 본연의 인성에 닿아
있기 때문이다. 여기에 문제점이 있다.

설인 시인은 결국 순수시의 세계로 지향하려던 시의 방향을 좌적
인 비판운동의 벽에 부딪치게 되어 하는 수 없이 먼 가나안 복귀노
정으로 돌아가게 되었으나 그가 도착한 곳은 젖과 꿀이 흐르는 가나
안 복지가 아니었다.

2

그러나 나는 더없이

아장걸음과 함께 하나 둘
나의 어머니 무릎우에서 배운
조선어, 우리말을 사랑합니다

그것은 다만
까마득한 먼먼 옛날부터
써오던 말이래서만 아니요
스리슬쩍 닐리리
노래가락 담겨있음만도 아니외다

그렇다고 하는 것은 진정
내가 세상에 나서
처음 배운 가장 낯익은 말로
그 중에서도 힘있고 아름다운 말을 골라
나를 낳은 고향땅
사랑하는 조국을 노래할 수 있고
그 아름다운 래일을
노래할 수 있기 때문이외다

지난날 강도 일제에게
말과 글을 빼앗겼을 때
아파하던 가슴이여
치솟던 분노여!

당신은 그래

조선어린이가 교실에서
조선말 한 것이 〈죄〉가 되어
채찍에 손바닥 얻어맞던
뼈아픈 광경을
흑흑 느끼며 한켠에 비켜서서
오돌오돌 떨던
그 고비같은 손을 기억하십니까?

당신은 그래
그릇 밑바닥이 들여다보이는
끼니를 에우려
배급소에 가셨던 할머니가
왜놈 말로 〈황국신민선서〉를 못 외운다 해서
조선사람이 일본말 못하는 것이 〈죄〉가 되어
놈들의 발길에 채여 쓰러지던
백발이 성성하신
우리네 할머니를 기억하십니까?

빼앗겼던 나라와 함께
당과 모주석께서
이 말과 글을 찾아줬을 때
들끓던 환희여
노래여, 춤이여!

—설인의 시 「이 말과 글로」중 일부

　　1978년에 쓴 이 시는 1에서 3까지 연작으로 되어 있는데, 여기에 소개한 일부분은 2에 속한다. 특별한 기교가 없는데도 감동을 주는 까닭은 내면에 배어 있는 진실과 분출하는 뜨거움이 정의감과 연결되어 있는 본성을 일깨우기 때문이다.

　　이 시는 문화대혁명이 종결된 후에 소위 4인무리가 타도되자 일제가 말살했던 한글, 4인무리가 말살했던 한글이 다시 살게 된 데 대한 감격스러움을 감추지 못하고 표현한 작품으로 알려져 있다. 이 시인이 토로하는 심회의 일단을 들어보면 다음과 같다.

　　일제 때 우리의 말과 글을 마음대로 쓰지 못했던 말입니다. 그런 데 문화대혁명 때 모택동의 처(강청)가 소수민족의 말과 글을 좋아하지 않았던 말입니다. 언어 뿐 아니라 한복을 입고는 텔레비전에 나오지 못하게 하였으니 이 얼마나 차별하는 것입니까. 우리도 감정을 가진 사람인데, 너희들이 잘못해 놓고 왜 소수민족만 때리는지, 그 울분을 참아오다가 사인방이 무너진 후에 발표했습니다.

　　　　　　　　　　　　　　　　　　　　　　　　　—2001년 8월 25일 증언

　　여기에 소개되지 않은 ①과 ③은 ②에 비하여 그 질이 떨어진다. 그것은 군더더기에 해당된다. ②에서 볼 수 없는 구호적이며 직정적인 배설의 요소, 가령 ①의 경우 "이 나라의 공통어인 한어를 사랑합니다"나 "그것은 실로/위대한 수령이며 스승이신 모주석께서/중국 인민은 일떠섰다!'는 구절만 보아도 불필요한 군더더기를 앞뒤로 장식함으로써 피해를 입지 않으려는 자기 생존을 위한 보존의식이 깔려있음을 감지하게 된다. 가령 여성인 며느리가 시부모나 남편의 눈치를 보지 않을 수 없듯이 중국조선족 시인도 '혈통의 조국' 과

'정치적 조국' 사이에서 갈등할 수밖에 없는 현실은 자자손손 지고 살아야 하는 운명적인 십자가라 할 수 있다.

1926년 10월 13일 함경남도의 한 가난한 화전민의 아들로 태어난 임효원(任曉遠)은 3세때 부모를 따라 시베리아 일대를 유랑하다가 9.18사변 직후에 홍개호를 건너 흑룡강성 목단강에 정착하였다. 그는 백부의 협력으로 공업학교를 졸업하고 면비생으로 중앙사도학원에서 공부를 하면서 습작을 하였다.

임효원은 1945년 9월에 혁명대오에 참가하였으며 농촌계몽을 하였다. 그는 1946년 1월에 중국공산당에 가입하였으며, 소학교 교원으로도 있었고, 토지개혁공작원으로도 일한 후에는 목단강, 할빈, 연길 등지에서 신문사 편집 기자로도 있었다.

그는 시「려명의 붉은 선」(건설, 1945)을 처음 발표한 이래「이 손에 총을 주소」「수림은 나의 동지」등의 시를 발표했다.『아리랑』문학지 주필, 연변문련 비서장, 중국작가협회 연변분회 주석 등을 역임한 그는『진달래』(1957),『어머니 품이여』(1979),『마음의 지평선』(1982) 등의 시집을 출판하였다.

임효원은 맑스주의 저작을 접촉하면서 혁명적 이론을 배움으로써 결국은 그 사상에 입각하여「이 손에 총을 주소」(1950)와 같은 시, 즉 미군에 저항하고 조선을 구원한다는 내용의 항미원조(抗美援朝)의 시를 창작하게 되었다.

> 이 손에 총을 주소
> 그렇지 않으면 폭탄을 주소
> 늙은이라 넘겨 말고
> 이 손에 총을 쥐게 해주소

피에 굶은 원쑤는
우리의 하늘에 쳐들어와
그처럼 웃으며 근심없이 자라던
철부지 손자를 죽였쇠다
희디흰 가슴팍에 폭탄을 던져
글세 짓찢어 죽여버렸쇠다

아니외다
이것 뿐 아니외다!
이웃 조선 땅 우에 몰려와
수천 수만 손자들의 가슴팍에
날창을 휘둘러 어린 목숨 앗아가고
무수한 아들과 며느리들을
달고 치고 지지다 못해
생매장해 치웠쇠다

그러나 아예 생각지 마소
이 늙은이에게
이 늙은이에게 눈물이 있으리라고는!

갈쿠리 손에 총을 주소
이 가슴에 폭탄을 품게 해주소
이 몸에 피 한 방울 남는
그날까지 싸우리다!

불타는 조선의 땅 우에서
눈물을 잊은 형제들과 함께
그 더러운 짐승의 검은 숨통을
기어코 쏘아 넘기고야 말겠쇠다!
산산히 부수어 씹어 버리고야 말겠쇠다!

—임효원의 시 「이 손에 총을 주소」

  6.25사변이 일어나던 1950년 11월에 발표한 이 시는 시종일관 구호처럼 직정적으로 토로하고 있다. 적에 대한 과잉된 의식의 적개심으로 팽배되어 있는 글이다. 이러한 성격의 시에서는 예술성을 기대하기가 어렵다. 인간의 본연성과 거리가 있기 때문이다. 그가 지칭하는 "피에 굶은 원쑤"는 물론 미군을 위시하여 유엔군을 말하겠지만, 거기에는 동족도 포함된다. 실은 보다 많은 피를 흘린 것은 남북한 동족들이었다. 이러한 역사적, 또는 국제적이며 지정학적 상황의식이 없이, 임효원의 시는 맹목적인 미움으로 차 있다.

  임효원 시인은 「이 손에 총을 주소」라는 시에서 "그 더러운 짐승의 검은 숨통을/기어코 쏘아 넘기고야 말겠쇠다!/산산이 부수어 씹어버리고야 말겠쇠다!'라고 증오하고 있는데, 한국의 여류시인 이신강의 시 「내가 만난 인민군」과는 대조를 보인다.

  어머니는 일제(日帝)하에서도 내놓지 않던 놋그릇(祭器)을 꽃밭을 파고 항아리에 고이 담아 묻고 그 위에 봉선화와 파꽃을 심었습니다. 꽃밭에는 다알리아와 글라디올러스, 야생 국화와 도라지꽃이 다투어 피고 있었습니다. 한 인민군이 싸리문을 밀고 들어섰습니다. 소스라치게 놀라 바라보는 어머니를 보고 그 인민군이 "놀라지

마십시오. 저는 학생인데 저도 오고 싶어 온 것이 아니랍니다. 고향
에는 부모님이 계십니다. 지나가다가 꽃을 보고 들어왔습니다. 아
주머니, 꽃 한송이만 주실 수 있겠습니까?' 어머니는 고개만 끄덕
이며 꽃 한아름을 안겨주었습니다. 그 인민군은 물기어린 눈으로
어머니를 그윽하게 바라보고 갔습니다. 어머니도 옷고름으로 눈물
을 찍으며 빠알간 눈으로 그 인민군의 뒷모습을 한참이나 지켜보고
있었습니다.

—이신강의 시 「내가 만난 인민군」

이 시가 특별한 문학적 기교나 향기를 지니지 않았음에도 불구하
고 감동을 주는 까닭은 인간의 본성을 건드리고 있기 때문이다. 꽃
을 싫어하는 사람은 없고, 평화를 싫어하는 사람은 없다고 하는 인
간의 본성에 입각해서 쓰여진 시는 그가 지니는 진실성에 의해서 감
동을 주기 마련이다.

이러한 견해로 보게 될 때 계급의식으로 인간의 본연성을 가리게 되
는 계급혁명이론은 시를 굳어지게 하여 예술적 가치를 상실하게 한다.

전기불 부드러운
책상 우에
내 이 밤도 펼쳤노라
금빛 찬란한 귀중한 책을.

보고 또 보아 열두해
숭고한 정신으로
나를 이끌어준

그 이름 위대한 〈레닌선집〉.

내 이 속에서 혁명을 알았고
내 이 속에서 미래를 보았노니,
이 밤도 레닌의 이름과 함께
우리의 위대한 중국의 앞날을 보노라.

…생략…

전기불 부드러운
책상 우에
내 이밤도 펼쳤노라
금빛 찬란한 〈레닌선집〉.

끝없이 솟아오르는 시원한 샘물마냥
우주에 빛발치는 레닌의 말씀이여,
내 배우고 배우고 또 배우리
레닌의 이름과 함께 영원히 전진하리!
—임효원의 시 「레닌의 이름과 함께」 중 서두와 결말 부분

　　1957년 10월에 쓴 이 시에는 "쏘련 10월사회주의혁명 40주년을
기념하여"라는 부제가 붙어 있다. 임효원 시인은 레닌의 책(말씀)을
마치 진리처럼 받들고 있는데, 그 책이 과연 시(문학)를 위한 지주로
삼을 수 있는 절대가치를 지니고 있느냐가 문제 된다.
　　그의 시는 이와 같이 과잉된 적개심의 발로나 찬양 일변도로 설명적

나열에 그치고 있기 때문에 예술적 향기를 기대하기 어렵게 되어 있다.

그의 시집 『인생살이』(1988)의 '머리말'에서 "뜨거운 사랑, 차디찬 증오! 이것이 바로 시의 넋이 아닐가요?'라고 말하는가 하면, 시집 『어머니 품이여』(1979)의 발문(시집을 내면서)에서는 "아, 위대하고 따사로운 조국의 품이여, 오늘도 우리는 북경을 그리며 하루의 로동을 시작합니다."라고 토로하고 있다.

누구든지 시를 쓰는 행위는 자유지만, 보다 높은 가치의 시를 생산하기 위해서는 인간 본연의 인성을 소중히 하지 않을 수 없다. 이는 톨스토이나 아리스토텔레스의 이전부터 있어 온 예술의 본질에 근거한다. 모든 예술은 아름다움을 추구하기 마련인데, 그 아름다움이라고 하는 것은 균형과 조화, 그리고 자연스러움과 편안함을 준다고 하는 원초적인 즐거움에 근거하기 때문이다.

시의 예술성을 위한 구체적 형상화는 견고한 이념의 성벽에 갇혀 있는 상황 하에서는 더욱 모색하지 않으면 안될 숙제중의 숙제라 하겠는데, 이러한 외중에서도 비교적 시적(문학적)가치를 건질 수 있는 작품을 찾는다면 「길짱구」를 내세울 수 있다.

한 평생
이름 없이 살아도 좋다
넓은 땅 지심 깊이
내 뜨거운 량심을 묻었노라

돌이 타면 삼복이지
설풍인들 두려울가
고난을 겪어온 대지여, 내 넋이여

생활은 언제나 무성하여가리

―임효원의 시 「길짱구」

　앞에 소개한 두 편의 시에 비하여 1957년에 발표한 이 「길짱구」는 그 표현 방법에 있어서 현격한 차이를 보인다. '길짱구'라는 생명력이 강한 풀을 빙자하여 의도하는 바를 효과적으로 표현하되 시어(詩語) 또한 적절하게 긴축정책을 쓰고 있기 때문이다. 여기에는 본성의 진솔한 발로일 뿐 어떤 정치나 체제적인 구호 같은 엄살이나 가식이 없이 뜨거운 의지적 용암같은 언어를 분출시키고 있다. 이 시가 발표된 당시는 반우파투쟁이 시발되기 직전이었기 때문에 발표되자 정치적으로 탄압을 받았다고 한다.

　이 시는 순수한 서정시인데도 불구하고, "누구에 대한 저항인가?" "이 시대 사회에 대한 불만이 아니냐?" 하는 식으로 몰아세웠다고 한다. 그 당시에는 시를 상징수법으로 쓰는 경우, 귀에 걸면 귀걸이요 코에 걸면 코걸이가 되어 걸리기 때문에 현실적으로는 오히려 불리하게 되었다.

　길짱구 풀처럼 밟히더라도 한평생 이름 없이 살아도 좋으니 양심대로 살겠다는 의지가 내비치는 이 시는 정치적 반동이나 체제를 비판하는 시가 아님에도 불구하고 비판을 받고 불이익을 당하게 되어 문학은 점차 오그라들 수밖에 없고 기를 펼 수가 없게 되었다.

6. 중국조선족 문단의 정비와 문예사상투쟁운동
(1949~1966)

1949년 10월 1일 중화인민공화국의 창건은 중국조선족 문인들로 하여금 새로운 의욕으로 발돋움하는 전환점이 되었다. 이는 스스로 쟁취해서 획득한 나라의 주인으로서의 자격이 주어지는 새로운 삶의 길로 들어섰기 때문이다.

그러나 의욕적인 출발과는 달리, 정치적인 세파에 부대끼지 않을 수 없는 현실에 직면하게 되었다. 전국 각지에 산재해 있던 중국조선족 문인들은 문화의 중심지인 연변에 집중되었다.

중국의 항일근거지인 태항산에서 혁명적인 문화활동을 하던 김학철(소설가)도 건국 직후 연길시로 진출하였다. 이러한 차제에 중국조선족문인들의 단합과 새로운 시대의 민족문예사업을 벌여나가기 위한 일환으로 제1회 중화전국문학예술일군대표대회(1949년 7월 2일-19일)의 정신에 준하여 중국조선족의 문단적 기반을 닦기 위한 연변문예연구회를 1950년 1월 15일에 발기하여 결성, 문학 · 음악 · 미술 · 연극 · 무용 등 5개조를 설치하였다.

1951년 4월 23일 연변문예연구회를 해체하고 연변문학예술계연합회준비위원회를 결성했던 기초 위에서 1953년 7월 10일 제1차 연변조선족자치주문학예술일군대표대회를 소집하고 이 대표대회에서 연변조선족자치주문학예술일군연합회(연변문련)를 결성하고 규약을 통과, 대표단을 선출하였다.

여기에서는 모택동문예사상이 중국조선족문예발전의 지도사상이라는 것을 확정하고 중국 공산당의 영도하에 맑스주의, 레닌주의, 모택동사상을 학습하며 인민대중과 고락을 함께 함으로써 세계관을 개조한다는 실천의지를 다졌다.

그러나 건국초기의 중국조선족문학건설은 심각한 모순에 봉착하였다. 역사나 사회현실에 대한 시민들의 통찰력이 부족하였고, 예술적 기량이 성숙되지 못한 데서 오는 창작상의 개념화라든지 도식화를 초래하게 되었다.

중국조선족 문인들은 철학적 인식이나 작가적 양식 등 인생관, 또는 세계관이 정립되지 못한 상태에서 획일적인 유물론, 유물사관 등의 교양교육을 받았고, 맑스-레닌주의 세계관과 문예관을 흡수하게 되었다.

이러한 이념은 결국 학술적 비판운동으로부터 정치적 비판운동으로 넘어가고, 좌경적인 과오를 빚어내게 됨으로써 중국조선족 문학발전에 나쁜 영향을 미치게 되었다. 이러한 조짐은 1957년 하반기에 시작되어 그 이듬해 봄에 마무리된 중국조선족문단의 반우파투쟁에 이르러 치명적인 과오를 범하게 되었다.

좌경적 사조가 범람하는 상황에서 중국작가협회 연변분회에서는 제2차 회원대표대회를 1959년 3월 28일부터 4월 3일까지 연길에서 열었고, 제3차 회원대표대회도 1961년 11월 18일부터 20일까지 연길에서 열었다. 이 대회에서는 문학이 "진실을 써야 한다"는 견해를 수정주의로 비판하였는데, 작가들은 속수무책일 수밖에 없었다. 이 때 중국작가협회 연변분회의 기관지인 『연변문학』(1961.2)이 2월호를 마지막으로 폐간되었다.

이러한 좌경적 비판운동은 모처럼 자라나려는 예술을 경직시켰다.

중화인민공화국의 탄생으로부터 '문화대혁명' 전까지 17년간의 중국조선족 시문학은 양적으로 확장되고 있었으나 질적인 성과는 기대하기 어려웠다. 사회적 모순을 회피한다거나 인물을 치켜올리며 영웅인물로 신격화하는 등 문학창작상의 소위 허풍 떠는 일을 서슴치 않고 대대적으로 조장시켰다.[14]

중화인민공화국의 건국초기 시단에 진출하여 시단에 두각을 나타내기 시작한 시인으로는 김철(金哲), 김성휘(金成輝), 이삼월(李三月), 이상각(李相珏), 김응준(金應俊) 등을 들 수 있겠는데, 먼저 김철의 시를 살펴보고자 한다.

> 해토무렵 두 령감
> 지경돌을 뽑는다
>
> 물싸움에 삽자루 동강나던
> 지난 일을 생각하여 얼굴이 붉었는가
>
> 아니 지경 없는 이 밭을
> 임경소 뜨락또르 척척 갈아엎으리니

---

14) 『중국당대문학사』(연변인민출판사, 1990. 56쪽).

오늘부턴 한집식구 두 령감
오, 행복의 노을이 비꼈노라!

—김철의 시「지경돌」

 1953년에 창작된 이 작품은 사회주의적 농업합작을 소재로, 그리
고 공생공영을 주제로 다룬 작품이다. 소농경제와 소생산자로서의
토지사유의 상징인 '지경돌'을 뽑는 행위를 포착하여 사회주의적
농업합작이라는 역사적 변천과정에서 초래되는 농민들의 감격스런
환희를 박진감이 넘치고 다정다감한 언어구사로 표현하고 있다.

놋대접 막걸리 안에
달이 둥 둥 떠있다.

술도 달도
함께 마시고 나면

사정없이 내리치는
박달나무북채

아서라, 멍든
내 가슴이 터질라

—김철의 시「고향 3」

나는 농사군
깡마른

사랑밭을 가꾼다

별로 큰 소출도 바랄 것 없는
그저 그런 인생을
그래도 열심히
공들여 가꿔간다

늑대처럼
늘 굶주린 사랑
그 어느 봄날
남몰래 묻어둔 씨앗이
움트고 종대 나고 망울이 지고
지금은 휘여진 가지에
석양이 곱게 물들었다

—김철의 시 「나는 농사군」 중 앞부분

이 두 편의 시는 모두 향토정서가 바탕이 되어 있는데, 그 중에서도 앞의 시 「고향 3」이 보다 완벽하다. 뒤의 시 「나는 농사군」은 앞의 시에 비하면 느슨하게 풀어진 셈이다.

1932년 8월 6일 일본 시모노세끼에서 출생한 김철 시인은 1942년 전라남도 곡성으로 귀국, 초등학교 4년까지 다니다가 부모를 따라 중국 길림으로 이주하였다. 초등학교 6학년 때인 1945년 동맹휴학에 참가했다가 강제퇴학을 당한 그 해에 광복을 맞게 되는데, 그 후 오상, 목단강, 용정 등지에 떠돌아다니다가 시골학교에서 교편을 잡기도 했다.

그는 마라톤선수로 출전(1949)하여 동북지구선수권대회에서 2등에 입상하는가 하면, 군대예술단에서 무용배우, 안무가, 연출로 활약, 그가 창작한 무용 '공병춤' 이 중국인민해방군 제1차 전군문예 콩쿠르에서 1등상을 수상하기도 했다.

제대 후, '동북조선인민보' 기자로 있을 당시 시 「지경돌」(동북조선인민보, 1953)이 입선되어 문단에 데뷔한 그는 시집 『변강의 마음』(1957), 『동풍만리』(1958), 『산행길』(1979), 『태양에로 가는 길』(1983), 『인간세상』(1985), 『나 진짜 바보이고 싶다』(2000)가 있고, 서사시 『동틀무렵』(1978), 『새별전』(1980)이 있으며, 장시집 『내 고향의 금물결』(1979), 한문시집 『가야금집』(1982) 등이 있다.

그는 1963년 중국작가협회 연변분회 부주석 겸 비서장으로 있다가 '문화대혁명' 이 시작되면서 누명을 쓰고 감옥살이를 하게 되었는데, 5년 후인 1970년 무죄석방되어 원직에 복귀되었다. 중국작가협회 길림성분회 부주석, 연변분회 주석, 연변문학예술계연합회 주석, 당조 서기, 연변조선족자치주인민대표대회 상무위원 등의 화려한 경력과 왕성한 작품창작의 분량에 비하여 그의 시작품의 질은 기대에 미치지 못한다.

　　달래동 잔디는
　　나물 캐는 애기네
　　애기잔디

　　곡산동 잔디는
　　꿈꾸는 나그네
　　꿈잔디

가는 겨울 할배
해진옷 꿰매는
바늘잔디

오는 봄 님맞아
자국에 불붙는
불잔디

새노래에 귀떠서 귀잔디
꽃바람에 눈떠서 눈잔디
내가슴엔 해를 주어 금잔디

—김성휘의 시 「금잔디」

　이 시는 김성휘의 시집 표제로도 쓰일 만큼 대표작으로 꼽히고 있지만, 금잔디의 다양성에 관한 상태에 그치고 있다. "그러니 금잔디가 어떻다는 말입니까?" 하고 독자가 질문했을 때 답변이 궁색해질 수밖에 없는 까닭은 시가 '잔디'의 다양한 상태에 머물고 있기 때문이다.
　이러한 상태에 그치지 않고 어느 정도 의도한 대로 주제에 접근을 보이는 작품으로는 「소나무 한 그루」를 들 수 있겠는데, 시의 질적 밀도를 보면 그 시의 서두에 해당되는 "피봉 앞에"와 결말에 해당되는 "피봉 뒤에"를 건질 수 있다.

푸른색을 한몸에 가득히 안고
푸른빛을 뿌리며 싱싱히 숨쉬는

소나무 푸르른 나무
소나무 고향의 나무

청산이라 벽봉 그 우에
심산이라 벽파 그 속에
소나무 산의 아들 높이 서 있고
소나무 숲의 형제 설레며 섰다

비바람 몰아쳐도 가지 창창히
눈사태 쏟아져도 잎새 청청히
소나무 세월과 더불어 푸르른 청춘
소나무 생활과 더불어 영원한 생명

―김성휘의 시 「소나무 한 그루」 중 「피봉 앞에」

소나무 지붕은 하늘입니다
소나무의 온돌은 대지입니다
하늘의 별무리 머리에 이고
대지의 가슴에 뿌리를 박고

…생략…

노래를 부르기엔 서러웁고
눈물을 흘리기엔 점직합니다
아니아니 부르고도 못견딜 노래
이 가슴에 울리여 목메입니다

오, 우리의 존경하는
주덕해동지시여
인민들은 당신을 불러
한 그루 소나무라 노래합니다

—김성휘의 시 「소나무 한 그루」 중 「피봉 뒤에」

　앞의 시 머리시 「피봉 앞에」에 비하여 「피봉 뒤에」가 떨어지는 까닭은 시인의 상상력이 자유롭지 못하고 어떤 정치적, 사회적, 계급적인 의식에 매어 있기 때문이다. 그가 많은 시를 발표했음에도 불구하고 대부분 예술성을 살리지 못하게 된 근본적인 원인은 앞에서 지적한 자유로운 상상의 창을 열지 못한 채 현실적 상황의식에 갇혀 있기 때문이다. 따라서 그의 시는 시에 있어서 생활미와 예술미의 통일이라든지, 언어의 세련성을 대부분 살려내지 못하고 있다.

　그러나 더러는 서정성을 살려내는 시도 보이기 때문에 전적으로 그렇게 규정할 수는 없다. '시냇물'을 나그네길에 빗대어서 표현한 작품은 시적 감흥을 살려낸 그의 대표작으로 꼽힌다.

검푸른 강물도 건너보았고
아득한 바다도 달려보았다

종이배 띄우던 고향의 시내
너보다 좋은 강은 보지 못했다

평생을 내 가슴 파고 흐르는
시내물 길이는 얼마나 되나

그제도 간밤에도 건너간 시내
오늘은 어디로 사라졌느냐

묻지말아 내고향의 시내물은
집집의 가마전에 흘러왔구나

낯익은 환한 웃음을 안으며
내 너를 마신다, 고향아 너의 마음을

—김성휘의 시 「시내물」

　김성휘의 시 「시내물」은 이외에도 여러편있는데, 시비에 새겨진 그의 대표작 「시내물」은 다음과 같다.

시내물의
흐름을
환히 보아라

천리만리
먼먼길도
자신만만타

흐르고
흐르고
내쳐 흐르며

한 평생

말쑥하게

가는 나그네.

-1980. 1. 23 시집 『들국화』에서

1933년 10월 12일 중국의 용정현 백금향 동명촌에서 태어난 김성휘는 심양외국어학원을 졸업(1954)하고 연변인민출판사에서 30년 간 근무, 연변작가협회 상무부주석을 역임했다.

주요 시집으로는 『나리꽃 피었네』(1978), 『들국화』(1982), 『금잔디』(1985)가 있고, 서사시 『장백산아 이야기하라』(1979)가 있다.

1933년 5월 15일 길림성 장춘시에서 출생한 이삼월(李三月)은 1951년 흑룡강성 오상중학 재학중 조선전쟁(6.25)에 동원되어 1954년 중국인민지원군 탱크부대에서 연락병으로 복무한 후 1956년부터 오상현에서 소학교 교원, 농업기술참 직원, 문화관 관원 등으로 있다가 1959년부터 문학지 『송화강』의 편집, 주필(부편심)을 역임했다. 1954년 『연변문예』에 시를 발표하면서부터 시창작을 시작한 그는 시집 『황금가을』(1981)과 『두 사람의 풍경』(1993) 등을 펴냈다.

이 두 권의 시집 가운데 먼저 펴낸 『황금가을』에서는 「탈곡장 정가」와 「가마니를 짜며」가 관심을 끌고, 다음의 『두 사람의 풍경』에서는 「참회」「쪽잠에 드는 꿈」「풍경화」「담배값」「해몽」「지평선」 등의 시가 돋보인다.

1993년에 발행한 시집 『두 사람의 풍경』의 시에 비하여 1981년에 발행한 시집 『황금가을』의 경우 건져 올린 시가 많지 않은 까닭은 시기상으로 소리 높이 외치는 비분강개조의 송가의 카테고리에서

벗어나지 못하고 있기 때문이다. 이 말을 환언하면 다음의 시집인
『두 사람의 풍경』이 종래의 직정적인 구호 투에서 상당히 벗어났다
는 얘기가 된다.

　　우선 첫시집 『황금가을』에 수록된 두 편의 시부터 살펴보고자 한다.

　　　탈곡기는 와룽와룽 돌고 도는데
　　　처녀야 잽싸게 벼줌을 섬겨라
　　　저 총각 이마의 땀방울이사
　　　가을바람 오고가며 닦아주겠지.

　　　탈곡기가 마사질가 근심 말고서
　　　처녀야 사정없이 벼줌을 섬겨라
　　　저 총각 일욕심에 정들었으니
　　　사랑꽃도 절로절로 피지 않으리.

　　　황금산이 높아가니 신명나는데
　　　처녀야 한아름 벼줌을 섬겨라
　　　저 총각 일손맞아 벙실거리니
　　　웃음속에 사랑도 무르익겠지.

　　　　　　　　　　　　　　　　—이삼월의 시 「탈곡장 정가」

　　　스르륵 자질에 바디집소리 쿵!
　　　스르르 쿵 장단에 춤이라도 추는 듯
　　　짚오리 어기 엮어 날을 채우며
　　　황금빛 보기 좋은 가마니 짠다

춤장단 좋아서 노래가 나오는가
등뒤에서 아들놈 글공부하다말고
한곡조 뽑누나, 내가 불러야 할
"복된 살림 이루었다…"는 노래.

기쁘니 더더하다, 지난날 생각 ―
한해 량식으로 썩은 좁쌀 두말,
그것마저 지주는 통째로 앗아갔다!
안해는 쌀가마니 끌어안고 울고울고…

그래서 그런지, 쌀가마니를 짜며
올 농사 분배 몫인 하얀 입쌀을
한가마니 두가마니 채울 기쁨에
내 속으로 아들놈과 함창을 한다.

―이삼월의 시「가마니를 짜며」

이 두편의 시는 유행처럼 번지던, 그리고 수십년을 풍미하던 찬양 일변도에서 벗어나 농촌 생활을 자유롭게 구사하고 있는 게 특징이다. 여기에서 어떤 가식이나 엄살이 붙을 자리가 없다. 그리하여 독자에게 자연스럽게 공감된다. 생활을 직시하는 시선이 밝고 따뜻하다. 여기에도 소위 착취자로서의 '지주' 계급이 부상하기는 해도 미미한 상태여서 전체적인 균형감각을 깨뜨리지는 않고 있다.

나는 젊은 그 시절 그 어느 날
그녀의 피눈물에서 나와

땅에 떨어져 매장되었다.

그후
오랜 세월이 지난 후

나의 무덤에서 자란 꽃나무는
그녀의 멍든 상처 우에
희고 깨끗한 꽃잎을 떨구었다.

—이삼월의 시 「참회」

한 미술가가 그린
산과 늪과 집과 나무가 들어간
풍경화 한 폭
명암을 선명하게 갈라서
골고루 해빛을 주고
구석구석 그림자를 눕혔다

풍경화의 좁은 공간에
해가 빛의 초점을 모으면
그림에 불이 달리지 않을가
그래서 미술가는
해빛을 나누어 그림에 넣고
해는 화면밖에 내걸었다.

—이삼월의 시 「풍경화」

첫 시집의 시에 비하면 비약적인 향상을 보여주고 있는 작품이다. 「참회」와 「풍경화」, 이 두 편의 시는 현대시가 요구하는 은유나 상징적 기법을 효과적으로 살려내고 있다. 「참회」의 경우, 이 시인은 말하고자 하는 의도라든지 주제를 우회시키는 수법으로 형상화시키는가 하면, 「풍경화」의 경우는 일상적 고정관념을 탈피하기 위해 차원을 달리하는 고차원의 '낯설게 하기'로 신선한 충격을 던져주고 있다.

> 피곤이 밀물처럼 밀려와
> 책상에 머리를 박고
> 쪽잠에 들 때가 있다.
>
> 그것도 잠이라고
> 돌틈을 뚫고 나온 풀처럼
> 파란 꿈이 돋는다.
>
> 꿈은 열매를 맺고저
> 어설픈 자세 아랑곳하지 않고
> 쪽잠에 뿌리를 내린다.
>
> —이삼월의 시 「쪽잠에 드는 꿈」

> 세상 밖으로 새여나온 꿈은
> 나비가 되어 훨훨 나는데
> 나비의 날개에 적힌 꿈을
> 어떻게 해몽하면 좋을지 몰라서
> 따라갈가말가 바재이는 사이에

나비는 어디론가 날아가버리고
나는 꽃없는 벌에 홀로 남다.

—이삼월의 시 「해몽」

　앞의 시가 현실을 바탕으로 이상을 꿈꾸는 시라면, 뒤의 시는 초현실적인 소재를 가지고 정리를 구사해 보는 방법을 시도하고 있다. 현실을 바탕으로 이상을 꿈꾸거나 초현실적인 착상으로 주제의 통일을 모색하거나 간에 이러한 성격의 시는 독자를 황홀경으로 눈뜨게 한다. 왜냐하면 인간이란 부단히 현실 이상의 세계를 위해 언어의 집을 짓건, 독자가 그런 언어의 집에서 살기를 원하건 그 누리고자 하는 속성은 동일하기 때문이다.

한 사람은 상인이고
한 사람은 농민이고
나는 글쓰는 사람
우리 세 사람은
우연한 인연으로 술을 나눴지만
신분은 제각기 달랐다

술이 거나해지자
상인이 문득
시를 써서 돈 많이 벌었겠다고
시탐조로 나에게 물었다

나는 담배값이나 번다고

106

건성으로 대답을 했더니
상인이 받아하는 말이
그만하면 괜찮은 편이란다

그런데 농민친구가 불쑥
그 잘난 돈 하면서
고개를 외로 비튼다

나는 그 농민친구더러
어떤 담배를 피우나 한번 보랍시고
1원 07전짜리 〈령지〉를 꺼내어
한 가치씩 권했다

농민은 맥이 없다면서 싫다하고
상이는 맛이 없다면서 싫다하고
제가끔 제 담배를 꺼냈는데
상인의 주머니 속에서 나온 것은
외국제 〈555〉표 담배였고
농민은 엽초를 꺼내어 말았다

나는 문득 그들의 말뜻을 깨닫고
상인에게 먼저 말했다
나는 죽기내기로 시를 써도
당신의 담배값은 못번다고
그리고는 농민에게 말했다

당신의 담배값보다는 더 번다고

우리 세 사람은
담배값의 표준이
제마끔 달랐다

—이삼월의 시 「담배값」

한 자리에 서있으면
지평선은 포승줄이 된다

나는 묶이지 않으려고
줄곧 지평선을 넘어간다.

—「이삼월의 시 「지평선」

　이 두편의 시에서는 나열과 응축의 미학을 보게 된다. 담배값에
대한 표준이 각기 다른 세 사람의 인생파적이고 코믹하면서도 관조
적인 얘기의 나열이 재미를 주는가 하면, 「지평선」은 짧지만 사색
이 요구되는 시라 할 수 있다. 이러한 사색의 시는 「무제」에서도 보
인다.

내가 꽃나무의 허리를 껴안고
그대로 년륜이 될 수만 있다면
인간세상에서 더럽혀진 영혼을
꽃향기로 씻어낼 봄을 부르며
차디찬 눈밭에 발을 묻고도

한겨울 시름없이 잠들 수 있으리.

—이삼월의 시「무제」

풀은
바람이 세게 불면
절을 한다

산과 들을
파랗게 물들이면서
풀은 천번 만번
머리가 땅에 닿도록
절을 한다

꺾이지 않고
다시 일어나기 위해서
절을 한다.

—이삼월의 시「풀」

이「풀」이라는 시는 평범 속에 비범함이 내재된 작품이다. 겸손해야 살아 남는다고 하는 겸양의 슬기와 미덕을 넌지시 내비치고 있다. 거센 풍랑을 헤쳐온 선장만이 제대로 볼 수 있는 나침반 같은 것이다. 이 시인에게 있어서 풀(소재)은 말하고자 하는 주제의식을 효과적으로 나타내기 위한 차용물이다. 그는 이 "풀"에서 시를 발견하고, 상상의 요리사를 끌어들인 것으로 말할 수 있다.

1936년 9월 17일 강원도 양구군 해안면 만대리에서 출생한 이상각 (李相珏) 시인은 1938년에 중국 목단강 지역으로 이주, 흑룡강성 부 금면 대면성소학교에 입학(1943)했으나 1946년 5월 26일 밀산에서 토비들의 대학살에 구사일생으로 살아나게 되어 1949년 밀산조선족 중학교에 입학했다. 시「아침」(연변문예, 1956. 10)을 처음 발표했 다. 1961년 연변대학 조문학부를 졸업한 후 문학 간행물 편집에 종사 했는데, 1981년부터는 문학지『천지』월간사 주필, 중국작가협회 연 변분회 부주석, 중국소수민족작가학회 상무이사 등을 역임했다.

그의 주요 시집에는『두루미』(1989),『리상각시선집』(1993),『까 마귀』(1999),『사랑의 꽃바구니』(1985) 등 다수가 있는데, 앞의 두 시집(리상각시선집, 까마귀)에서 다음의 시들이 관심을 끈다.

한 자리만 지키고 있어도
제가 할 일은 다 한다

한 마디 말이 없어도
두려워하는 자 있다

허름한 옷을 걸치고도
추위와 배고픔을 모른다

밤낮 외롭게 지내지만
욕심도 불평도 없다.

팔 벌린 채 먼 산 바라보며

세상을 우습게 안다

—이상각의 시 「허수아비」

    부동과 침묵의 미학에 남루와 기아를 초탈하는 안심입명(安心立命)의 경지가 스며 있는 작품이다. 부귀공명을 탐하는 현실을 우습게 여기는 처사의 풍모가 재미를 주고 있다. 이러한 의식의 흐름은 만고풍상을 겪고 난 후의 초탈에서 오는 깨달음에 연유한다.

깨끗한 압록강 모래섬 가에
백설 같은 두루미 하얀 두루미
떼지어 내려앉네 깃을 다듬네
맑은 물에 흰 몸을 씻고 또 씻네

뒤맵시 앞맵시 보아달라고
이 다리 저 다리 껑충거리며
마주섰다 돌아섰다 하는 그 모양
오고가는 배손들의 흥을 돋구네

참으로 어여쁘다 말을 하자니
무슨 말을 어떻게 골라야 하나
하지만 두루미는 알지 못하네
제 모습이 그 얼마나 아름다운지
배손들의 마음을 끈줄 알고서
어여쁜 제 모습에 깜짝 놀랐나
두루미 떼지어 반공중에 떴네

아, 반공중에 뜬 모양 더더욱 아름답네.

—이상각의 시 「두루미」

이 시는 앞의 시에 비하여 한껏 멋을 부리고 있다. "깨끗한 압록강 모래섬"이라는 아름다움의 극치를 배경으로 하고, 두루미의 다양한 움직임을 시각화 하고 있다. 이러한 시각적 이미지는 "두루미 떼지어 반공중에 떴네"에서 클라이맥스를 보이는데, "더더욱 아름답네"로 결말짓는 게 아쉬움으로 남는다. 이 시의 전개과정을 봐서 마지막으로 찾아내어야 할 보물찾기를 포기하고 그 자리에 평이한 돌로 채운 셈이 되기 때문이다.

> 어머님의 그 손은 대단합데다
> 오이를 다루면 오이가 크구요
> 호박을 다루면 호박이 크지요
> 가벼이 저의 머리 쓰다듬어주시니
> 저도 오이처럼 무럭무럭 자랐어요
> 세상 만물 모두가 그 손에 자라지요
>
> 어머님의 그 손은 따스합데다
> 겨울 추위에 꽁꽁 언 나의 손을
> 주물러주시니 훈훈해져요
> 어느덧 얼었던 저의 몸에
> 더운 김이 물물 피여올랐어요
> 참말로 부드럽고 따스한 손이예요

어머님의 그 손은 약손입데다
제가 앓아누워 불덩일적에
"내 손이 약손이다 약손이다" 하고
배도 문지르고 이마도 짚으시고,
그러면 어머님의 부드러운 그 손에
저의 아픔 가뭇없이 사라졌어요

—이상각의 시 「어머님의 손」 중 전반부

여기서는 기교를 볼 수 없다. 그러나 기교가 없는 듯한 그 자여스러움도 일종의 기교다. 기교가 보이지 않는 무기교의 기교다. 자연스러움도 예술의 본질 중의 하나이기 때문이다. 아무 기교도 없는 조약돌이 자연스러운 것처럼, 어머니를 향하는 그 진실성이 감동을 주는 것은 자연스러움의 혜택이 아닐 수 없다. 이러한 순수의 자연스러움은 그의 시 「실개울」에서도 만나게 된다.

실새울 물소리가 실개울을 떠나서
노상 내 귀전을 맴돈다

고향 떠나 수 천리를 왔어도
실개울 물소리는 내 귀전에
이제는 수십년 세월이 흘러갔어도
실개울 물소리는 내 귀전에
노래처럼 울리는 정겨운 소리
조용히 눈감고 듣노라면
두고 온 고향이 아물아물

가슴 한 복판을 파고든다

다시는 고향을 찾지 말라고
세월은 갈길에 빗장을 질렀어도
나를 따라온 물소리만은
고향에 돌아가자 소곤대는 귀속말

오가는 길손에게 무심한 실개울이나
내 몸엔 피와 살로 이어진 피줄
귀전에 맴돌던 물소리가
나의 온몸을 소용돌이친다.

웃다가 떠들다가 속삭이다가
밤이면 밤마다 베개머리에서
흐느끼는 실개울 물소리
여울쳐 흐르나니 눈물이여라

실개울 물소리가 실개울을 떠나서
노상 내 귀전을 맴돈다.

—이상각의 시 「실개울」

이 시의 언어는 앞의 시와 마찬가지로 화학 조미료가 보이지 않는다. 그래서 이 시어는 순수한 자연스러움이 편안함을 선사한다. 어떤 가식이나 엄살이 붙어 있을 겨를이 없기 때문이다. 여기에서 실개울과 시인이 동일시되어 있다. 이러한 혼연일체(渾然一體)는 앞

의 시 「허수아비」에서도 그 바라보는 주체와 바라보이는 대상 사이
의 상사성(相似性)에 의해서 동일시되고 있다.

　그러나 「허수아비」의 경우는 그 상사성이 내면에 은폐되어 있어
서 눈치채기 어려운데 비하여, 「실개울」의 경우는 "…무심한 실개
울이나/내 몸엔 피와 살로 이어진 핏줄"이라든지, "귀전에 맴돌던
물소리가/나의 온몸을 소용돌이친다"에서 그 '나타냄'으로 인하여
용이하게 포착할 수 있다.

　이상각 시인의 향토정서는 그의 시 「토장국」에서 진면모가 확인
된다. 1981년에 창작한 그의 「토장국」 등을 살펴보면서 논지를 전개
하고자 한다.

　　　윤기 도는 솥에 흰김이 서릴 적에
　　　때로는 솥뚜껑이 드르릉 울적에
　　　향긋하니 이 가슴에 풍겨오는
　　　내 고향 내 집의 토장국 냄새

　　　일터에서 돌아오면 저녁상에서
　　　술총이 부러지게 먹어주었지
　　　한식기 이밥도 게눈 감추듯
　　　고기국 찜쪄먹을 토장국에다

　　　감자를 넣든지 시래기를 넣든지
　　　돼지고기 몇 점을 집어넣든지
　　　구수한 그 맛은 매양 한가지
　　　인품이 좋으면 장맛도 좋다나

아무렴 토장국 그 맛이 향기로운건
어머님의 뜨거운 사랑이 끓기 때문
안해의 살뜰한 정성이 넘치기 때문
고향의 향취가 슴배여 있기 때문

그래서 먼 수도 진수성찬 앞에서도
토장국 생각에 목이 맺거던
고향에 즐거이 돌아오는 길에선
그 맛이 코끝에 감돌았거든.

—이상각의 시 「토장국」

이 시에는 시각적 이미지와 청각적 이미지, 그리고 후각적 이미지와 미각적 이미지, 촉각적 이미지까지 총동원된 그 복합적 이미지가 향토정서를 효과적으로 살려내고 있다. 이러한 현상은 이 시인에 있어서 이미 체질화된 언어의 무리로서 더 이상의 특별한 기교를 필요로 하지 않는다. 여기서는 이것으로 족하기 때문이다.

이 시인의 주관적 경험에서 얻게 된 이미저리는 민족공통체의 얼로서 통용되는 보편성에 의해서 공감되기 마련이다. 인간에 있어서 사고작용의 근원이 되는 六根(眼, 耳, 鼻, 舌, 身, 意)과 六境(色, 聲, 香, 味, 觸, 法)은 앞에서 말한 다양한 이미저리를 효과적으로 증명하고 있는데, 「토장국」의 효과도 여기에 적용된다.

자기 시의 새로운 탄생을 위하여 과감한 자기갱신을 순발력 있게 변화를 보인 시인이 이삼월 시인이라면, 이상각 시인은 그러한 변화라든지 자기 갱신의 필요성을 절감하지 못하다가 1990년 후반에 이르러서야 지극히 일부이기는 해도 조금씩 새로운 시도를 보이고 있

다. 이상각 시인은 기교 이전에 시의 진실성이나 자연스러움에 승부
를 거는 지도 모른다.

　그에게 있어서 새로운 발상으로 시도한 「까마귀」(1997.6)와 「집안
의 해」(1998.4)는 보기 드문 실험이 아닐 수 없다.

　　　가오?
　　　가오?
　　　왜 자꾸 간다오?

　　　간다고
　　　겁날건 없소만
　　　나 이대로 미치고 말겠소

　　　간다면
　　　나도 떠나갈 거요
　　　천방지축 어디로든

　　　너 가고 나 가고
　　　사랑의 보금자리
　　　쑥밭이 될 거요

　　　쑥밭에
　　　까마귀 한 마리
　　　그냥 울어옌다오

가오?

가오?

왜 아니 돌아온다오?

—이상각의 시 「까마귀」

까마귀의 상징성은 다양하다. 중국에서는 효도하는 효자새로 여기며, 북한에서는 길조로 여기지만, 남한에서는 흉조로 여기고, 기독교가 전파된 지역에서는 사탄(마귀)의 상징이고, 구상(具常) 시인은 그의 시에서 신부나 수녀와 동일한 성격을 부여하고 있다.

그러나 이상각 시인은 "까욱, 까욱" 하고 우는 까마귀의 울음소리에서 "가오? 가오?"로 연상하여 모친의 임종과 관련하여 형상화한 작품이다. 이러한 연상작용은 지고한 차원의 예술성으로 기대할 수는 없다 할지라도 새로운 변화를 위하여 시도해 볼 만한 점이라 하겠다.

우리 집안의 해

당신을 나는 안해라 부른다

당신이 내 곁에 있으면

집안이 환해진다

당신이 훌쩍 떠나면

집안이 캄캄해진다

—이상각의 시 「집안의 해」

짧고 단순한 시다. 그런데 이런 시는 짧고 단순한 데에도 불구하고 한 번 읽고 지나쳐버리지 못하는 흡인력이 있다. 그것은 적합한 언어를 찾아내어 적재적소에 장치하는 그 조립능력에 있다. 취사선택능력과 조립능력의 절묘한 만남이다. 특히 「실개울」이나 「두루미」, 또는 「토장국」등의 시에서 느껴지는 그의 원초적이며 향토적인 서정성이 적합한 언어로 직조되는 데에서 건강한 시가 생성된다.

신동욱 교수도 이상각 시인의 시세계를 논하는 자리에서 "우리의 삶에 있어 가장 근원적이고 원초적 의미를 지닌 생성의 기쁨과 환희가 서정세계를 이루고 있다."고 하면서 "이 시인에게서 보이는 심상 배열은 우리 전통화의 생략과 함축의 기법과 원근법의 기교 및 전경화(前景化)의 솜씨들이 그 구도로 채택되고 있음을 깨닫게 된다. 이러한 시화의 기법적 합치에서 우리 고유의 미감과 감성을 발견할 수 있다."[15] 고 하였다.

> 령마루에 아침 안개 가벼이 걷히고
> 이른봄 화창한 해빛에 은세계는 눈부셔
> 뭇새들이 훨훨 춤추는 령길에서
> 마을 사람들 북치고 춤추며 나를 전송한다
>
> 다시 한번 고개 돌려 바라보자—
> 아지랑이 노을처럼 피는 내가에
> 여느 때도 정답던 고향벌 가슴에 안겨온다

---

15) 『별많은 하늘 아래』(료녕민족출판사, 1996. 541-542쪽).

유리창 천공으로 반들거리는 온실
오붓이 들어앉은 마을 한결 사랑스러워

감격은 추억의 실머리 풀어
세세대대 내려온 농군의 아들
새날 찾아선 고향 땅에서 보람찬 나날
증산경쟁에 힘은 무궁 솟구쳐
살림은 날따라 풍성했더라
―김웅준의 시 「령을 넘으며」 중 전반부 3연

단풍 든 산에는 홰불이 타나
고추 익는 밭에는 초롱불 켰나
산에도 밭에도 노을이 비켜
고추골 가을은 황홀경이다

첩첩한 산봉이 병풍 이루어
센 바람 못믿는 아늑한 고장
양지좋은 찰흙밭 고추 잘되여
동네방네 소문난 고추명산지

…생략…

단풍든 산에는 홰불이 타나
고추 익은 밭에는 초롱불 켰나
고추골 가을은 노을이 타는 철

강산에 마음에 노을이 어렸네.

—김응준의 시 「노을 비낀 고추골」 중 일부

　1955년에 창작된 「령을 넘으며」나 1979년에 창작된 「노을 비친 고추골」은 24년의 시간적 거리를 두고 있지만 시적 응축미를 위한 구조조정은 크게 개선되어 보이지 않는다. 이 시인은 좋은 시를 쓸 수 있는 심미안을 타고난 분이다. 그럼에도 불구하고 그의 시가 산만성을 면치 못하고 있는 것은 체제에 따른 이념적 사회적 상황이 상상력의 자유를 허용하고 있지 않기 때문이다.

　그가 처한 사회적 역사적 상황은 그로 하여금 제한된 언어만을 사용할 수밖에 없도록 길들여져 있었던 것이다. 가령 문화대혁명 이전의 「령을 넘으며」 류에서는 별로 보이지 않던 이질어가 「노을 비낀 고추골」에서는 두드러지게 튀어나오고 있는데, "만악의 요귀놈들"이라든지, "저주받으라!", "자본주의자" 등이 그것이다.

　뒤의 「노을 비낀 고추골」이 앞의 시에 비하여 한결 시적 감흥을 불러일으키기에 좋은 소재에다 기교를 동반하고 있는 데에도 잘 나가다가 예술성에서 이탈하게 된 데에는 소홀한 조탁이라거나 장인정신의 결핍 등의 내적 요인과 함께 "요귀놈들"이나 "저주받으라!"는 비예술적인 언어를 거리낌없이 구사하고 그것이 예술성을 저해한다는 자각을 가질 수 없는 사회 체제적 카테고리에 있다.

　이러한 한계상황은 우선 의식 내부에서 종식되어야 한다. 김응준의 시를 들어 지적한 바와 같이, 맑스주의 이론에 근거한 문화대혁명은 중국조선족 시인들의 삶의 지향과 동시에 문학의 방향성을 오도함으로써 사물을 바르게 관조할 수 있는 환경을 차단하였다. 따라서 이 지역의 시작품들은 대체적으로 예술적 가치가 떨어지는 편이다.

　김응준의 시는 「뽕나무」류에서부터 가능성의 출발점으로 삼아야
한다. 이 시는 기교 이전에 요구되는 순수의식을 머금고 있기 때문
이다.

　　　　뽕나무 가지에서 높이 날리던
　　　　외할머니 베치마자락이
　　　　기억의 하늘에 하얗게 걸려있다.

　　　　봄 여름내 쉴 사이 없이
　　　　누에를 먹이고 잠재워
　　　　끝없는 흰실 뽑고 뽑던
　　　　외할머니 눈부신 정성이
　　　　이내 가슴에 서리서리 감겨있다

　　　　가문의 애옥한 삶을
　　　　뽕나무 정수리로 밀어 올리며
　　　　나에게도 명주적삼 입혀주던
　　　　그 하이얀 흔적이
　　　　살갗에 깊이 붙어 바래지 않는다

　　　　상전이 벽해로 되어도
　　　　내 맘속에 뿌리내려
　　　　명주필로 드리운 외할머니

　　　　　　　　　　　　　　　—김응준의 시 「뽕나무」

이 시는 1995년 쓰여진 작품이다. 문화대혁명에서 20여년이 경과한 후에야 조금씩 되찾기 시작한 정서의 자락이 내비치는 작품이다. 그의 기교는 이러한 순수의 바탕 위에서 시발되어야 한다. 그런데 쉽지 않은 모양이다.

연변의 시인들은 오랜동안 극좌노선의 영향을 크게 받아서 교조주의적 방법에 익숙했기 때문에 이를 탈피하는 데에도 시간이 필요하다. 어떤 체제적 주체를 향하여 찬양 일변도로 숭모하는 직설적이며 설명적인 송가에서 벗어나 자기 목소리를 내는 데에는 그만한 노력과 시간이 요구되는 것은 당연하다.

맑스주의 예술론에 입각하여 모든 사물이나 사건을 계급투쟁으로 바라보는 투쟁인의 생활감정에서 오는 비인간화, 즉 본연의 인간성이 가려진 채 이를 탈피하지 못한 데에서 오는 자기 목소리의 부재 현상에서 탈피하는 게 급선무다.

또한 계급투쟁이론으로만 사물을 바라보고 그 기준으로 재단하게 되는 데에서 오는 불협화음으로 예술성이 굳어질 수밖에 없었던 중국의 사회 환경적인 요인도 간과할 수 없다.

이러한 상황 아래서 대부분의 시인들은 당연한 얘기, 상식적인 얘기, 현실적이며 일상적 범주에 맴돌 수밖에 없는 사고에 갇혀 있게 되었다.

시인으로서의 철학적 인식이나 작가적 양식이 없이 우왕좌왕하는 현상은 오랜동안의 폐쇄사회에서 길들여진 상태가 완전히 가셔지지 않고 있기 때문이다. 어떠한 고정관념이나 습관에 길들여진다거나 굳어진 상태는 새로운 예술창조에 방해가 된다. 이러한 상태에서는 새로운 시창작을 모색하는 데에는 상당한 어려움이 따른다. 이를 벗어나려면 현실 상황이라고 하는 외적 조건과 작가의 의지적인 내적 조건이 동시에 성숙해 가야 한다.

시(예술)는 현실을 터로 하되, 현실 이상의 어떤 이상세계를 추구하는, 현실과 초현실 사이를 넘나드는 입체성이 요구된다. 이 지역의 시인들은 대부분 현실에 안주하고 있다. 이는 마치 하늘의 구름을 보면서 즐거워하다가 그 구름이 사라지는 것을 보고 슬퍼할 뿐, 구름 저쪽에 무한히 열려 있는 불가사의 세계에 대해서는 눈을 감고 있는 상태에 비유할 수 있다.

그 새롭고도 무한한 세계에 대해서는 왜 눈을 감고 있는 것일까? 맑스주의예술론에서 주장하는 계급투쟁 논리에 굳어진 상태에서 자유로운 상상의 창을 관념의 커튼으로 차단하고 있기 때문이다. 자유로운 상상력의 차단은 예술을 굳어지도록 경직시키기 때문에 이제는 고정된 이념의 카테고리에서 벗어나야 한다.

문화대혁명 후까지도 한동안은 찬양 일변도의 송시가 대부분이었는데, 그 후 비분강개조의 구호적인 시는 감소되었으나 대부분의 시인들은 현실 이상의 시로 솟으려는 노력을 보이지 않고 있는 게 현실이다. 당연한 얘기, 상식적인 얘기를 여과 없이 구체적인 형상화를 꾀하지 않는 채 설명적으로 나열하는 게 현실이다.

그러나 이러한 현상은 계속되지 않을 것이다. 한국과 일본, 그리고 미국과 유럽 등 세계 여러 나라와 교류가 빈번해지고 있는 현상은 문화의 성숙을 불가피하게 하기 때문이다.

1957년 반우파 운동 때 '우파분자'로 몰려 20여년간 최하층에서 고생한 조룡남 시인의 시중에는 「옥을 파간 자리」라는 시에 관심이 간다

내 가슴에는 웅뎅이 하나

그것은 오래전에 옥을 파간 자리

나는 모른다 그 옥이 지금은

누구의 머리를 장식했는지

누구의 목에서 빛 뿌리는지

내 가슴에는 웅뎅이 하나

그것은 오래전에 옥을 파간 자리

오랜 세월이 흘러갔건만

오늘도 웅뎅이엔 허연 소금이 돋치여

마를줄 모르는 비물 눈물이 고여있다

—조룡남의 시 「옥을 파간 자리」

중화인민공화국의 건국 후 문화대혁명이 일어나기까지의 17년간의 조선족 시문학은 온갖 고난을 겪으면서 발화하기에 진력하였다. 물론, 예술적 차원의 견지에서 보게 되면 미흡한 점이 지적되겠지만, 그 당시의 체제적 사회적 상황을 감안하게 될 때 그 의욕적인 성과를 인정하지 않을 수 없다.

1990년에 발행된 『중국조선족문학사』(연변인민출판사, 329-330쪽)는 이 점에 대하여 다음과 같이 피력하고 있다.

…인식교양적 공능을 지나치게 중요시한 나머지, 심미적, 오락적 공능을 홀시함으로 말미암아 시문학을 단지 정치와 계급투쟁의 〈도구〉로만 여기는 폐단이 엄중하였다. 이와 같이 문예와 정치의 관계에 대한 편면적인 인식과 오유적인 처리, 과분한 행정적 간섭과 조폭한 비평은 예술민주를 압제하고 시인들의 머리를 속박하여

지어 한때는 시인들의 창조적 재능을 마구 압살하는 지경에까지 이르렀다. 애정시나 풍물시 같은 것은 건드리기 어려운 〈금지구역〉으로, 이른바 자산계급의 미학적 리상을 추구하는 〈대명사〉로 되었으며 조선족 시단에 자각적으로 혹은 비자각적으로 정치적인 중심과업과 배합하고 형세만을 따르는 표어구호식적인 시작품들이 많이 쏟아져 나와 판을 치게 하였다.

다음, 상술한 원인으로 하여 시문학의 진실성이 대대적으로 약화되었다. 현실 생활에 뿌리를 내리고 인민대중의 정신세계와 밀착된 진실한 감정과 서정은 시의 생명이다. 하지만 이 시기의 적지 않은 시작품, 특히 〈대약진〉 시기의 많은 서정시들은 들뜬 열광성과 허위적인 〈랑만주의〉로 진실한 감정의 다각적인 토로를 대신하였다. 이런 시작품들은 이른바 〈송가〉풍에 휘말려 들어가 사회모순을 회피하고 현실생활 중의 암흑면을 대담하게 건드리지 못하고 생활의 표충에 보이는 〈광명면〉만을 분석하는 경향이 심했다.

그 다음, 17년간의 조선족 시문학은 예술적 풍격의 형성과 발전에 있어서도 적지 않은 구애를 받았다. 건국 후 17년 동안에 시인의 주체의식이 홀시됨에 따라 시인들의 개성이 충분하게 발휘되지 못하였는 바 시인 〈자아〉의 감정이 시작품에 구현되면 흔히 자산계급의 〈자아표현〉으로 간주됨으로 말미암아 시인들의 독특한 감수와 내부적 체험에 기초한 〈나〉의 서정세계가 일반적인 〈우리〉속에 매몰되어 적지 않은 시작품들이 시대의 〈나발통〉으로 전락되었다. 〈사회주의시가의 방향은 민가〉라는 사조의 영향하에 시의 형식에 대한 다양한 탐구와 대담한 혁신이 홀시되었고 시의 표현수법에 있어서도 생경한 직설법만이 강조된 데서 표현의 단색화, 경직화를 초래하였다. 이런 오유와 결함은 〈문화대혁명〉 시기에 가서 더욱 더 만연되고 로골화되어 조선족시가문학에 모진 상처를 남겼다.

　1949년도에 연변에서는 설인의 시 「밭둔덕」을 전적으로 비판한 일이 있었다. 그 당시 낡은 사회에서 낡은 사상의 물을 먹었기 때문에 사상을 개조해야 한다고 하는 지식분자에 대한 사상개조운동이 일어났었는데, 이는 마치 계란 속에서 뼈를 찾으려는 우를 범할 수밖에 없는 일이었다.

　한때는 소군의 작품을 비판하는 운동이 전국적으로 일어났었다. 소자산계급의 사상을 선전했다는 구실로 비판하는 것이었다. 각 지방에서도 소군을 찾자는 운동이 전개되었을 때 설인 시인도 여기에 걸려들었다. 설인 시인의 시 「밭둔덕」에는 비판을 받을만한 내용이 없는 데에도 걸려들지 않을 수 없었다. 그 당시에 비판의 기준이 없었기 때문에 코에 걸면 코걸이요 귀에 걸면 귀걸이였다.

　그 다음, 1957년 반우파투쟁을 간과할 수 없다. 중국에서는 소련의 수정주의 노선을 비판할 무렵, 헝가리에서 폭동이 일어났는데, 헝가리와 같은 사태가 생길 수 있다는 생각에서 어떠한 생각을 하는지 알기 위해서 당에다 의견을 제시하도록 해서, 그 말꼬리를 잡아서 처단, 비판하였다.

　문예계의 "반우파투쟁의 확대화는 어느 분야보다도 더욱 혹심하였다. '쌍백' 방침의 고무밑에 새로운 예술적 경지를 개척한 작품들과 탐구성과가 있는 이론문장들이 모두 '독초' 작품과 '수정주의이론' 으로 비판받았고, 이런 작품과 이론문장의 작가들이 '우파분자'의 감투를 썼다." [16)

---

16) 『중국당대문학사』(연변인민출판사, 1990. 51쪽)

여기서 '감투'를 썼다는 말은 '낙인'이 찍혔다는 말과 같은 뜻이다.

1957년 그 당시 바른말을 했다가 걸려든 문인들은 김학철, 최정연, 주선우, 김용식, 채택용 등이었다. 김창걸과 이욱은 비판은 받았지만 낙인은 찍히지 않았었다. 김창걸은 1959년에도 민족주의자로 비판을 받게 되어 내부적인 감시를 받게 되었고, 이욱은 꼬리잡힐 게 없었어도 계속해서 반동권위로 몰리게 되었다.

반우파투쟁 후기에는 임효원, 이홍규 등도 얻어맞게 되었다. 반당 종파분자로 맞았다가 나중에는 회복되었다. 특히 해방 전에 활약하던 문인들은 지식분자라고 해서 모두 비판받게 되어 불이익을 당하게 되었다.

그리고 1958년 대약진운동이 일어나 전국적으로 용광로를 만들고 강철을 생산하는 운동을 전개했는데 모두 실패하게 되었다. 그때 전 국민의 민가운동이 일어났다. 44조 4행의 구전 민요 창작운동을 전개했는데, 사람마다 시인이 되고, 사람마다 시를 쓰게 되었다. 그러나 숫자는 많지만 작품다운 작품이 나올 수는 없는 일이었다.

대약진운동을 찬양한다거나 지도자를 찬양하는 등 송가나 구호 일변도로 나가다보니 예술성 높은 시를 기대할 수 없게 되었다. 그러니 강철을 생산하는 운동도, 민가를 창작하는 운동도 모두 수포로 돌아갈 수밖에 없었다. 그 이후에 시작품들이 구호 일변도로 설명의 나열에 그치는 현상은 그 당시의 습관에 길들여진 영향이 크다 하지 않을 수 없다.

1961년부터 1963년까지 3년 동안엔 재해가 극심하여 생활이 피폐하게 되자 새로운 정책을 세우지 않을 수 없었다. 생산소조 도급제라고 해서 땅을 떼어 맡겼었는데 그 집행자는 유소기였다. 그 때부터 생산이 올라가기 시작했다.

그 문제로 중앙에서는 모택동과 유소기 사이에 마찰이 발생하였다. 모택동은 1962년에 수정주의 자본주의로 넘어간다고 계급투쟁을 절대로 잊지 말자고 호소하면서 농촌 사회주의 교육운동을 대대적으로 벌임으로써 문학도 그 영향 하에서 계급투쟁으로 나가게 되었다. 따라서 문화혁명이 발생하기 전에는 계급의 적이라고 해서 지주 부농에 대한 적개심을 불러일으키는 작품을 생산해 내기도 하였다.

정치투쟁 계급투쟁을 제재로 조작한 작품들이 대량으로 생산되었던 것이다. 특히 장편소설의 경우 이러한 성격의 작품이 많았다. 농촌에서의 계급투쟁은 타도된 부농, 지주분자들이 칼을 간다거나 파괴 활동하는 것을 극복한다는 식이었다. 사람을 다루더라도 인간 본성의 내면세계를 파고들기보다는 계급투쟁에 관한 내용으로 구성할 수밖에 없는 까닭은 공산당 상류층에서 지시한 대로 작품을 생산해 내지 않을 수 없기 때문이다.

그처럼 상부의 지시대로 작품을 쓰던 시인이나 작가들도 문화혁명이 일어나자 모두들 타도의 대상이 되어 얻어맞게 되었다. 사냥개를 부리다가 나중에는 잡아먹는다는 말(토사구팽)이 여기에 합당한 고사성어라 할 수 있다. 문화혁명 때는 문화말살주의로 나아갔기 때문에 옥석 구분이 이루어질 수 없었다.

7. 문화대혁명기의 중국조선족문학(1966~1976)

1966년부터 1976년까지 10년간에 걸쳐 전개된 '문화대혁명'은 중국조선족문학사에 있어서도 가장 암담한 시기로 피해를 입었다. 전해진 자료에 의하면, '문화대혁명'은 지도자가 잘못 발동하여 심각한 재난을 가져다 준 내란이라고 규정하고 있다. 즉 임표와 강청을 중심으로 한 집단은 정치권력을 이용하여 문학예술의 영도권을 찬탈함으로써 중국문학발전사에 가장 암담한 시기를 초래한 것이다.

건국이래 17년 동안 문예계에서는 "모주석 사상과 대립되는 한갈래의 반당, 반사회주의의 검은선이 우리에게 독재를 하였다. 이 검은 선이 바로 자산계급문예사상, 현대수정주의문예사상과 30년대 문예와의 결합이다."라고 결론을 내리고 과거의 모든 창작품을 부정하였다.

문화대혁명은 정치투쟁이자 계급투쟁으로 요약할 수 있다. 그것은 수정자본주의의 길로 나아가는 당권파 지도자들을 반당, 반사회주의 분자로 몰아 잡아내는 운동이라 할 수 있다. 여기에 처음으로 문화 예술계 작가들이 걸려들게 되었다. 소위 '잡귀신'이라 이름 붙여서 몰았다. '잡귀신'을 쓸어버림으로써 자본주의의 길로 나아가는 당권파를 치려는 술책이었다.

1957년에 모택동이 선전강화를 내놓았는데, 그 안에 "우리 나라 지식인들은 세계관으로 놓고 볼 때는 기본상 자산계급에 속한다."고 한 말이 있는데, 이 말을 기초 근거로 해서 문화혁명이 터질 무렵(1965~1966)에 지식인들을 자산계급으로 몰아넣고 휩쓸었던 것이다. 문학 예술계가 소위 말하는 '잡귀신(牛鬼蛇神)이 걸려서 반동권위요, 반당행위를 하였다느니, 자산계급의 '모자'(낙인)를 씌웠다고 한다.

모택동은 "세 가지 종류의 사람이 있는데, 그 하나는 적이고 다른 하나는 통일전선 내의 동맹자이며 또 하나는 자기편이다."(『모택동: 문예를 론함』(중국과학원문학연구소 편, 민족출판사, 1959. 59쪽)라고 하면서, 적에 대한 태도와 동맹자들에 대한 태도, 그리고 인민 군중에 대한 태도를 밝히면서 문예는 그들의 개조과정을 묘사하여야 한다고 했다.

여기에서 특히 주목되는 점으로는 동맹자들에 대한 태도를 밝히는 대목이다. 다음 글은 동맹자도 믿지 못하고 의심의 눈으로 바라보고 작전을 꾀하는 태도가 단적으로 나타나 있다.

동맹자들에 대한 우리의 태도는 련합도 하고 비판도 하는 것으로서 거기에는 각이한 정도의 련합도 있고 각이한 정도의 비판도 있어야 한다. 그들이 항전하는 데 대해서 우리는 찬성하며 그들이 성과를 거두면 우리는 찬양도 한다. 그러나 그들이 만일 항전에 적극적이 못되면 우리는 비판하여야 한다. 만일 공산당과 인민을 반대하며 나날이 반동의 길로 나아가는 자가 있다면 우리는 단호히 반

대하여야 한다.[17]

　이러한 발언 자체는 특별한 하자가 없이 보이지만, '의심' 과 '증오' '적개심' 등의 심리상태는 정책시행과정에 있어서 옥석구분(玉石俱焚) 없이 이유 없는 미움으로 무자비한 학살극을 자행하게 하는 함정으로 둔갑하게 되었다.

　학습에 대한 이론교육 자료에는 맑스-레닌주의에 대한 지식을 강조하는데, "지금 일부 동지들에게는 맑스주의의 기본적 견해가 부족하다. 레컨대 맑스주의의 기본적 견해의 하나는 존재가 의식을 결정한다는 것이며 계급투쟁과 민족투쟁의 객관적 현실이 우리의 사상 감정을 결정한다는 것이다. 그러나 우리의 일부 동지들은 도리여 이 문제를 전도시켜 모든 것은 '사랑' 에서 출발하여야 하느니 무엇이니 하고 말한다. 사랑을 두고 말하더라도 계급 사회에 있어서는 오직 계급적인 사랑이 있을 뿐이다. 그러나 이러한 동지들은 무슨 초계급적인 사랑, 추상적인 사랑, 나아가서는 추상적인 자유, 추상적인 진리, 추상적인 인간성 등등을 추구하려고 한다. 이것은 이러한 동지들이 자산계급의 깊은 영향을 받았다는 것을 말하여주는 것이다. 그러므로 이러한 영향을 철저히 청산하고 맑스-레닌주의를 허심히 학습하여야 한다."고 주장한다.

　이러한 주장은 진리처럼 신봉하는 맑스-레닌주의 이론을 받아들이지 않을 경우, 동지라 할지라도 단호히 처단할 수 있다는 복선을 깔고 있는 위험한 발상이다. 소개한 "존재가 의식을 결정한다"는 말이나 "계급사회에 있어서는 오직 계급적인 사랑이 있을 뿐이다"라

---

17)『모택동:문예를 론함』(중국과학원문학연구소 편, 민족출판사, 1959. 60쪽)

는 주장은 모순을 배태하고 있는 말이다. "존재가 의식을 결정한다" 거나 "계급적인 사랑이 있을 뿐이다"는 주장은 사고의 다양성을 사전에 차단한 오류가 아닐 수 없다.

인간이란 과연 이처럼 간단명료하게 규정할 수 있는 존재인가. 인간에 관련된 진리란 알다가도 모를 성격의 것이 아닌가. 변증법적 유물론에 입각해서 규정한 이러한 논리는 자체모순에 의해서 한계를 드러낼 수밖에 없다. 인간이란 태어나면서부터 본래적으로 지니는 천부적인 본질, 그것은 정신과 육체라는 이중구조로 되어 있기 때문에 그 이중구조의 규명이 없이는 '존재' 나 '사랑' 에 관한 명제를 규명할 수 없다.

문화대혁명이라는 것은 우선, 작가들에 영향을 끼친다기보다 작가들을 쓸어내는 운동으로 보는 게 타당하다. "모든 잡귀신을 빗자루로 쓸어낸다"는 표현이 성행하는 데, 이는 타도하는 운동이라 말할 수 있다. 그 동안 많이 성장했던 시인, 작가들을 쓸어 눕히고, 붙들어내어서 낙인을 찍는 것이었다.

정신병자들의 행동과도 같은 이러한 현상은 전국적으로 이루어졌다. 실은 문화말살정책이라고 할 수 있다. 중국의 강청(모택동의 부인)이 문학의 기수로 나타났는데, 본보기극(경극)을 세워서 3돌출격식을 내세우기도 하였다. 이는 ①주요인물과 군중에서는 주요인물을 돌출해야 한다, 그 다음 ②주요인물 가운데 영웅인물이 있을 때는 영웅인물을 돌출하고, 또 ③영웅인물이 여럿이 있을 때는 그 영웅인물 가운데 더욱 주요한 영웅인물을 돌출한다고 되어 있다. 여기에서의 돌출이라는 말은 군중 속에서 주요인물을 추켜세워 내세운다는 뜻이다.

창작격식에 있어서의 전형을 그렇게 만든다는 것이다. 그러므로 이러한 기계적이요 도식적인 창작격식에 따라서 모두들 그렇게 하도록 강요했다. 이러한 최고의 도식화는 문학, 예술을 굳어지게 만드는 것이었다.

강청은 모택동의 문예사상을 집행한다고 하였는데, 문예를 제대로 알지도 못하면서 조작해내었던 것이다. 그는 이 돌출격식에다가 맞추도록 몰아넣었던 것이다. 그리하여 이 삼돌출격식으로 인하여 기존의 시인, 작가들은 소멸되지 않을 수 없었다. 그러나 이러한 억지가 언제까지나 지속될 수는 없었다. 결국은 10년을 수명으로 쇠퇴하게 되었다.

문화대혁명 때 중국조선족 문인 가운데 가장 곤욕을 치른 이는 김학철(소설가)과 김철(시인)이었다. 그리고 김태갑, 김성휘 등은 출판사에서 곤욕을 치렀다. 김학철은 10년 판결을 받았고, 김철은 판결 없이 투옥되었다. 그 전의 반우파 투쟁 때 얻어맞은 문인들이 문화혁명 때에도 계속해서 타도의 대상이 되어 피해를 당하게 되었다.

구타당하는 과정에서 죽은 사람이 있는가 하면, 북한으로 피해 간 문인도 있고, 표현의 자유를 박탈당한 채 농촌으로 내몰려 노동만 일삼은 문인도 있어서 그 피해 양태는 다양했다.

채택룡의 경우는 1957년에 우파로 몰리게 되자 북한으로 피신한 케이스다. 그는 우파라는 낙인이 찍힌 채 19년 동안이나 북한에 있었다. 그의 아들이 결혼을 했으나 아버지에게 알리지도 못하다가 겨우 하나의 방법을 찾게 되었다. 그것은 그의 아버지(채택룡)가 두만강 건너편에 와 있는 상태에서 두만강 이쪽에서 두 부부가 두만강 건너편의 부친과 시아버지에게 절을 하는 눈물겨운 장면이었다.

두만강 이쪽의 중국 땅에서 자식이 두만강 건너편 강변에 와 있는 아버지에게 향하여 "아버지, 인사드리겠습니다. 아들과 며느리, 손자의 절을 받으십시오"하고 절을 하였다는 눈물겨운 이야기가 전해지고 있다. 그 후 채택룡은 북한의 아우집에서 얹혀살다가 19년만에 중국으로 돌아오게 되었다.

누명을 벗고 중국에 돌아온 채택룡은 일찍이 『연변문학』(1951)의 창시자(책임편집)였다. 문화대혁명 기간에 조선족 문인 가운데 타도할 만한 구실이 없는 이들에게는 무조건 붙이는 이름이란 '조선특무' 였다.

문화대혁명 이후의 창작은 대부분 모택동의 만수무강을 빌고, 모택동을 찬양하는 '만세' 일색이었다. "모주석 만세 만만세"하는 식으로 시문학에서는 절대적으로 영수를 노래하고, 당을 찬양하고, 사회주의를 노래하는 것들이었다. 당에서 내세운 구호가 바로 그것이었다.

"위대한 영수를 노래하고, 당을 노래하고, 사회주의를 노래하자"는 것이었다.

문학에서는 당에서 지시하는 구호가 그대로 들어오게 된다. 그 당시에는 영수를 노래하는 시인을 최고의 시인으로 인정하는 시대였는데, 작품을 창작한 작자 개인의 이름을 밝힐 수 없는 시대였다. 오로지 최고 지도자만 이름이 빛나야 할 뿐 일반 민중의 개별성은 존중되지 않는 시대였다.

시에서나 소설에서 집단적인 창작으로 나아가게 할 뿐 개인의 명예는 존중되지 않았다. 개인의 이름을 밝히면 개인주의와 명예주의를 조장시킨다 해서 금지하는 것이었다. 그러나 문화대혁명 후반부터는 완화되고 있다. 시집 『장백에 울리는 노래』(1972), 『격전의 노래』(1975), 『해란강의 송가』(연변인민출판사, 1977), 『꽃피는 새봄』(료녕인민출판사) 등은 주로 모택동 주석이나 공산당을 찬양하는 시로 채워져 있는 성격이라서 그런지는 몰라도 작자의 이름이 나와 있는데, 시집의 성격을 파악하기 위하여 문화대혁명 기간에 발행된 두 권의 시집 제목을 살펴보고자 한다.

『장백산에 울리는 노래』(1972)…「만세! 위대한 중국공산당 만세! 위대한 령수 모주석」, 「모주석의 혁명로선 따라 앞으로」(김웅준), 「모주석 만만세」(리만송), 「가장 행복한 시각에」(황장석), 「그대 지시 한평생 송달하리」(황상박), 「모주석의 말씀」(송영준), 「장백의 밀림에서」(전서향), 「모주석을 노래하네」(김홍구), 「소산의 맑은 샘」(김경석), 「남호에서」(진향명), 「안원을 노래하네」(허홍식), 「정강산」(박화), 「준의의 기발」(류성근), 「연안의 불빛」(최문섭), 「려산을 노래하노라」(전복록), 「울려라, 불멸의 노래 '국제가' 여」(허범), 「폭풍찬가」(리백설), 「홍천사람들」(한원국), 「대비판의 불길」(박덕준), 「총을 닦으며」(위징), 「련병장」(리종복), 「야영의 길에서」(황상박), 「로빈농의 목소리」(김석), 「야영시초」(진정강), 「벌목공」(한동해), 「변강의 전공」(리수길), 「탄부의 노래」(이봉렬), 「철공소에서」(문희), 「녀폭파수」(리택수), 「공사당위서기」(송호석), 「발행원의 긍지」(허봉남), 「우리 마을 부녀대장」(강호혁), 「사양원의 노래」(김득만), 「붉은 마음 키워가리」(최성한), 「이른 새벽에」(박명룡), 「채석공 할아버지」(심정호), 「빛나라, 오각별이여」(허홍식), 「비료산」(리룡진), 「어머니가 걸어오신다」(전서향)

이상 40편(강호혁은 2편)의 시제만 봐도 그 성격을 짐작할 수 있을 것이다. 서두 1쪽에 게재된 시 「만세! 위대한 중국공산당 만세! 위대한 령수 모주석」은 이름을 밝히지 않고 있는데, 비중 있는 중진으로 여겨진다. "연안문예좌담회에서 한 강화, 발표 30주년을 맞이하여"라는 부제가 붙은 이 시의 일부만을 살펴보고자 한다.

흰 구름 옆에 끼고 구중천에 치솟은
장백의 천봉만악에 울리는 노래
천리 림해를 타고 넘어
조국의 심장 북경으로 나래쳐가네.

무산계급문화대혁명의 폭풍뢰속에서
붓대 잡고 용솟음쳐나온 공농병문화대군
수정주의문예로선 짓부셔버리고
이 땅에 장엄한 개가를 울리노라.

아, 우리를 지옥에서 구해주시고
빛나는 승리에로 이끌어주시는
위대한 중국공산당!
위대한 중국공산당!

장백산이 높다해도 그의 은덕 어찌 비기며
천지물이 깊다해도 그의 은정 어찌 비기리
장백천리 밀림으로 붓을 만들어도
마음속의 붉은 태양 노래 못다 부르리.

수천만의 붉은 심장 세차게 고동치며
장백의 산발에서 만세를 웨치노라

만세!만만세! 위대한 중국공산당
만세! 만만세! 위대한 령수 모주석

…생략…

어찌하여 온몸의 피가 솟는가
어찌하여 무궁한 힘이 솟는가
혁명! 가슴에 불바다를 안았노라
붓대! 전투의 투창을 잡았노라

아, 우리의 붓대, 이 투창은
모주석께서 우리 손에 쥐여주신 것!
〈강화〉는 앞길을 비쳐주는 밝은 등대!
혁명적 경극은 빛나는 본보기!

〈인민을 단결시키고 인민을 교육하여
적을 타격하고 적을 소멸〉하기 위하여,
단결, 승리의 기치를 높이 들고
공농병문화대군이여 기세차게 앞으로!

붉은 태양 모주석의 손길 따라 앞으로!
모주석의 문예로선 따라 영원히 앞으로!
만세! 만만세! 위대한 중국공산당
만세! 만만세! 위대한 령수 모주석

이 시에는 끝에 '편자'라고 붙어 있으나 이 책에는 편자가 밝혀지고 있지 않다. 다음으로 또 한권의 시집 목차에 나와 있는 제목을 밝히고자 한다.

『격전의 노래』(1975)…「조국이여 앞으로」(박화, 김득만), 「우리 대대 최서기」(리근영), 「날창 들고 나섰노라」(리수길), 「분노의 웨침」(김수국), 「뜨락또르와 함께 힘차게 달리리!」(김창욱), 「푸르러가는 천평벌에서」(심정호), 「지탑군의 마음」(리두송), 「원한의 불길」(김철학), 「'만인갱'의 참상 재연되게 못하리」(김경석), 「종자전에서」(서광억), 「족치라, 복벽의 음모를!」(김응준), 「로공인리론가」(김명희), 「몰아치라, 거세찬 폭풍이여!」(허홍선), 「복벽음모 짓부시자」(강장희), 「승리의 과실 굳게 지켜」(김하은), 「여기도 전선이다」(류성근), 「다락밭에 올라간다」(박철길), 「혁명의 조류를 막을 자 그 누구냐」(김근총), 「력사의 조류를 막지 못한다」(리백설), 「떳떳이 나아가라 '5.7'의 길로」(김호), 「벽시 2수」(최삼룡), 「로빈농의 공소」(최룡관), 「새 시대의 우공들」(윤태삼), 「인민의 강산을 지켜나가자」(리우성), 「투쟁의 불길 속에서」(김연), 「황하여, 세차게 흐르라!」(전태균), 「위대한 성취, 빛나는 전망」(박상철) 이상 27편 수록

27편의 시가 실린 이 시집의 표지에는 "림표, 공구 비판특집"이라 쓰여 있는데, 여기에도 역시 소위 말하는 위대한 당과 모택동 주석을 찬양하는 내용이 아니면, 계급투쟁을 선동하거나 고취하는 내용들로 채워져 있다.

문화대혁명 기간 중 발행된 시집 가운데는 『공사의 아침』(연변인민출판사, 1976)도 보이는데, 그 시대상의 성격을 단적으로 반영하고 있는 구절을 찾아보면 다음과 같다.

① 「변강의 빈하중농 모주석을 노래하네」(김철석):아, 모주석이시여 모주석!/해마다 더 우렁한 발걸음으로/〈황하, 장강〉 뛰여넘는 우리/어찌 태산 같은 그의 은덕 잊을 수 있겠습니까.

② 「조국이여 앞으로」(허봉남):달리자, 찬란한 서광맞받아/맑스-레닌주의/모택동사상 기치 높이/조국이여, 앞으로!/앞으로!

③ 「북경으로 달리는 마음」(김응룡):산넘고 물건너/차바퀴는 쉼없이 날아도/내 마음 그보다 앞서/북경의 품에 안깁니다./위대한 조국의 심장/위대한 령수 모주석이 게시는/북경이여! 조국의 수도여!

④ 「빈하중농리론대오의 노래」(최룡관):우리의 리론대오는/맑스주의 대오/계속형명의 대오/모주석의 혁명로선에서/산매마냥 나래쳐간다.

⑤ 「산촌의 리론보도원」(김광철):계급적 원쑤들의 앙심을 갈기갈기 찢어놓습니다./아 산촌의 미더운 리론보도원/우리네 박아바이!/그이 따라 수풀인양 일떠선 우리의 무쇠주먹 자본주의 복벽음모 짓부실 결의로 굳게 뭉쳤습니다.

⑥ 「청석골의 금빛다리」(장성일):청석골의 만년다리여!/공농련맹을 파괴하고/자본주의 복벽을 꿈꾸는/원쑤놈들의 가슴팍을 가로질러/무산계급장성으로 뻗쳐/공산주의 웅위로운 설계도 따라/강철의 억센 다리를/힘차게 힘차게 펼치자!

⑦ 「련병장시초」(신창수):들으라, 송림을 뒤흔드는 멸적의 함성/보라, 백병전의 창날 번개침을/우리나라 960만평방키로미터-넓고 넓어도/계급원쑤 설자리는 없도다!

⑧ 「붉은 창을 굳게 잡았죠」(학생 김인자):공산주의 계승자 우리 홍소병/계속혁명 발구름 높이 나아가지요./우리우리 홍소병들 붉은 창 들고/적들의 복벽음모 짓부셔가요./아, 우리는 모주석의 꼬마 민

병/혁명위해 붉은 창을 굳게 잡았죠.

　이 시집에 수록된 46편의 시 가운데 8편은 학생들의 글이다. 한 학생의 시⑧를 보면 그들의 사상학습 교육이 어째서 이처럼 어린 학생들에게까지 이유 없는 미움으로 들끓게 하는가 하는 의아심을 갖게 된다.

　문학의 예술성과는 아무 상관이 없이 직설적으로 쏟아내는 측상(厠上)의 시, 즉 배설의 시란 의식의 항아리에 고여 있는 언어에 대한 여과작용이 없이 쏟아내는 시를 가리킨다. 이러한 종류의 시는 대개 과잉된 의식의 무절제한 배설로 이루어진다.

　시가 일상적인 언어와 다른 점은 각자가 자기의 사상 감정을 직설적으로 표현하기보다는 은유나 상징 등의 방법으로 표현하는 데에 있다.

　서정문학(시)은 본래적으로 서사문학(소설)과는 달리 인간의 심성을 정화하는 성질을 지닌다. 그것은 단정한 뜻을 보살피고 도와서 인간의 심성을 온화하게 하고 정화하여 질서화 하는 특징이 있다.

　비분강개조, 또는 웅변조의 시, 그런 배설의 시는 시가 지니는 본연의 온유하고 돈후한 교화성(敎化性)과는 거리가 멀 수밖에 없다. 공자가 말한 사무사(思無邪) 역시 이와 궤를 같이 하는 말이다.

　시가 만일 인간의 성정을 바로잡는 교화적 기능이 없다면, 그것은 마치 짠맛을 잃은 소금과도 다를 바가 없다. 따라서 반우파투쟁 기간에 쓰여진 시나 문화대혁명 기간에 쓰여진 시의 대부분은 시의 본질과는 거리가 멀 수밖에 없다.

　특히 즐거워하되 방탕하지 아니하는 절제의 미학이 지켜지지 않는 현상은 시의 예술성에 대한 답보상태나 후퇴를 의미한다.

중국조선족 시는 중국 전체의 시와도 마찬가지로 인간의 성정을 순화하는 기능을 상실한 채 배설의 시에 길들여지게 되었다.

1971년부터 1976년 상반기까지의 사이에 조선족문예창작은 세 부류의 성격으로 나타나게 되었는데, 좌경노선을 선양한 것과 개인숭배를 고취한 것, 그리고 대중의 생활감정을 반영한 것들이었다.

이러한 실정에 있기 때문에 작품다운 작품이 나올 수 없었다. 이러한 사회 현실에서는 남녀간의 사랑을 노래하는 시라든지 전원시는 발붙일 곳을 잃게 되었다. 시인이 이러한 시를 쓴다고 하여도 문학지를 생산하는 측에서 취급을 하지 않기 때문에 그러한 시는 가치가 없는 것으로 간주하는 경향까지 있게 되었다. 문학이 성숙되지 못한 채 언어의 설명적 개념화, 도식화에 그칠 뿐 표현의 자유를 누리지 못한 상태에서는 어쩔 수 없는 현실이었다.

문화대혁명 기간의 시문학을 단적으로 말한다면 공백기라고 할 수 있겠다. 잠깐 소급해서 보자면 8.15광복 후의 시문학은 해방의 기쁨을 노래하고, 공산당이나 독립군에게 감사의 뜻을 표현하거나 찬양하는 시가 많았고, 토지개혁을 통한 토지 받은 기쁨을 노래한 시 등등 여러 종류의 열광적인 시가 쏟아져 나왔다.

이때까지만 해도 자연발생적으로 진지하게 감정을 표출하는 시가 많았다. 예술성은 떨어진다 하여도 진실성을 바탕으로 나타난 소박한 심성의 표현이 대부분이었다. 그러다가 한국전쟁이 발발하자 「이 손에 총을 주소」(임효원)와 같은 시인들이 나오기 시작하였다. 총을 쥐게 되면 동족이 희생된다는 성숙된 생각을 갖지 못한 상태에서 북한의 일방적인 선전선동에 흥분하는 데서 오는 비분강개조의 시들이 나오게 된 것이다.

과거에는 일제에 대한 적개심에서 미제에 대한 적개심으로, 그리고 봉건계급, 자본가계급에 대한 적개심으로 들끓는 시가 나오게 되었다. 이러한 과정에서 나타난 문제는 소박한 감정을 바탕으로 문학의 본질에 도움이 되는 인간 본연의 원초적인 정서를 파고들기보다는 새로운 생활, 새로운 사회를 노래한다는 의욕이 사회주의(공산주의) 사회를 동경하는 방향으로 움직이면서 인간의 진실을 추구하는 내면에 대한 관심보다 외적인 정치방면으로 치우치게 된 것이다.

이러한 현상은 공산주의라는 이데올로기 학습에 의해서 굳어진 계급투쟁의식에서 전이되었다. 1950년대 중반부터는 자산계급을 비판하는 문예운동으로 나아간 것도 간과할 수 없는 일이다.

레닌의 "당조직과 당의 문학"이라는 글이 있다. 문학은 당의 문학이 되어야 한다. 문학은 당성 원칙을 지켜야 한다. 당성이 강해야 한다는 말은 정치력이 강해야 된다는 말과도 다름이 없다. 이러한 이론을 학습했기 때문이 그 당시의 문인이나 문학지망자에게는 이미 그 의식의 내부에 당성원칙이 자리잡게 되었다. 그러다가 결국엔 정치운동에 말려들게 되었다.

중국과학원문학연구소에서 펴낸 『모택동문예를 론함』(민족출판사, 1959. 34-35쪽)에는 "'목표'는 중국혁명이며 '화살'은 맑스-레닌주의 리론과 중국혁명의 실제운동을 결합시키게 되며 중국혁명의 리론문제와 책략문제를 해결하기 위하여 거기에서 립장을 찾고 관점을 찾고 방법을 찾게 되는 것이다. 이러한 태도가 목표를 두고 활을 쏘는 태도이다. '목표'는 즉 중국혁명이며 '화살'은 즉 맑스-레닌주의이다."라고 했다.

중국공산당 모택동 이론에 있어서 화살을 얻으려고 하는 것, 중국혁명이라는 목표를 쏘기 위한다는 말은, 중국공산당의 혁명을 위해 맑스-레닌주의라는 이론을 수용한다는 뜻이다. 이러한 주장은 학습으로 시행되었고, 이러한 학습은 문예창작에도 지대한 영향을 미쳤기 때문에 맑스-레닌주의 이론에 관한 비판이론도 살펴볼 필요가 있다.

맑스는 투쟁이 있어야만 발전이 이루어진다고 주장하지만, …투쟁이 있는 곳에 결코 발전이 있을 수 없다. 인류역사에 투쟁이 무수히 있었음에도 불구하고 사회가 발전할 수 있었던 것은 투쟁의 저해작용에도 불구하고 수수작용에 의한 발전력이 그 장애를 능가할 수 있었기 때문이다.[18]

공산주의교육은 말할 것도 없이 무신론적 유물론교육이다. 그 목적은 시종일관 "자본주의를 타도하는 공산주의사회를 건설하는 데 있다. 이 공산주의교육의 이념의 기반은 무신론과 유물론이다. 그들은 이 우주의 시원을 물질적인 것으로 믿고 있으며, 그 물질적인 것의 본래의 성질은 운동 뿐이다. 그리고 이 운동은 자기 내부의 모순과 투쟁에 의하여 생겨난 것으로 보고 목적도 없는 것으로 보고 있다. 종교를 믿는 사람이면 누구나 이 우주의 배후에는 사랑 이성(理性) 목적(目的) 미의식(美意識) 등 어떠한 정신적 인격적 존재가 있음을 믿으며 그 근원자(根源者)에 대하여 경외와 신뢰와 감사의 생각을 갖는다. 그 근원자와 인간은 소성에 있어서 같은 성질을 가지는 것으로 믿는데, 인간을 물건 취급해서는 안된다는 생각, 신성(神性) 개성(個性)을 가진 대단히 존귀한 생각을 갖게 된다. 그러나 이 우주의 근원을 단순히 운동하는 물질로만 보고 사랑도 이성(理性)도 이상(理想)도 없고, 맹목적인 모순과 투쟁만이 있다고 본다면

---

18) 『統一思想要綱』(통일사상연구원, 성화사, 1973. 387쪽).

144

그러한 것에서 어떻게 자유나 권리의 의식이 생겨날 수 있겠는가?

인간이 정말로 물질로서만 되어 있다면 사람을 죽이더라도 원자 하나 없어지는 것이 아니므로 사람을 죽이는 그 자체가 죄가 된다는 관념은 어디에서도 생겨날 수 없는 것이다. 자기편이 되어서 자기에 이득을 주는 자에 대해서는 인간으로서 존중하지만, 그가 일단 적이 되면 이익에 상반되므로 독충(毒蟲)을 구제(驅除)하듯이 간단하게 그를 죽인다. 죽이더라도 신의 존재를 믿지 않으므로 두려워하지 않고 자책감도 없이 죽인다…이러한 마음의 상태이므로 한번 질서가 무너지면 그야말로 수습할 수 없는, 피로 물들이는 투쟁의 수라장이 되고 만다.…공산주의 사회의 교육은 결국 독재적인 권력자의 목적을 달성하기 위한 교육이 되어버리며 이에 대립되는 개개인의 자유는 억압되어 個性(神의 個別相)이나 尊嚴性(神相 神性 格位) 등 인간의 참다운 諸本性이 모두 무시되고 유린되는 것이다.[19]

유물론은 우주 본체가 물질이며 정신은 물질의 소산이라고 한다. 그렇다면 법칙성은 정신과는 아무런 관계도 없이 물질 그 자체가 본래부터 지니고 있어야 할 것이다. 그런데 물질이란 원래 무규정성(無規定性)의 질료(質料)가 아니면 안될 것인데, 아무런 규정성도 제약성도 갖지 말아야 할 물질이 어떻게 되어서 법칙이라고 하는 규정성(規定性)을 띠게 되는가? 이 문제가 해결되어야 할 것이다. 그러나 공산주의 철학은 이 문제를 해결하지 못하고 있다. 그들은, 법칙은 물질 자체의 속성이라고 보고 있지만 이것은 하나의 독단이요 억측이다. 그것은 과학자가 할 말이지 철학자가 할 말이 아

---

19) 『統一思想要綱』(통일사상연구원, 성화사, 1973. 410-411쪽).

니다. 과학자의 입장에서는 "현재의 과학자의 지견(知見)으로는 법칙은 물질 자체의 속성으로밖에 볼 수 없다.[20]

1957년 반우파투쟁 때 이미 웬만한 문인들은 된서리를 맞게 되어 죽은 자가 아니면 인욕의 세월을 견디어야 했다. 김학철의 경우는 일제에도 고난을 겪었거니와 광복 후 이 때부터도 서리를 맞게 되었으니 그는 또다시 20여 년이라는 인욕의 세월을 참고 견디어야 했다.

---

20) 『統一思想要綱』(통일사상연구원, 성화사, 1973. 136-137쪽).

8. 문화대혁명 이후의 중국조선족 시문학
(1976~2001년 현재)

문화대혁명 이후에는 등소평이 1978년에 키를 잡고 개방정책을 쓰게 되었는데, 그 때부터는 새로운 비판에 들어가기 시작하였다. 과거에는 사회를 폭로하면 반당반사회주의 작품이다, 애정문제를 다루는 작품이면 자산계급문학이다, 계급투쟁을 다루지 않으면 계급조화론이라고 몰아붙이면서 오로지 가송만을 강조함으로써 문학이 문학다울 수 없게 하였다.

'문화대혁명' 기의 10년간은 중국조선족 문예창작의 쇠퇴기인 동시에 수난기였다. 그릇된 정치바람에 휩쓸리게 된 문예창작의 보금자리는 파괴되어 피폐해졌다.

문화대혁명이 종언을 고하게 된 후에는 문화대혁명을 폭로하는 작품이 쏟아져 나왔다. 가정문제, 사랑문제, 비극문제를 제재로 하여 폭로하는 작품들이 우후죽순처럼 쏟아져 나오게 되었다.

1974년 4월부터 복간된 『연변문예』(연변문학의 전신)지가 1981년도부터는 8만 6천부까지 판매된 적이 있었다. 여기에서의 문학의 전성시대를 찾는다면 1981년에서 1983년까지 약 3년간을 말할 수 있다. 『연변문예』지 매달 발행 수는 8만 6천부, 그 당시 조선족 인구가 180만 명이었으니 19명당 1권씩 돌아간 셈이 된다. 1980년대의 이러한 분위기는 지속되다가 점진적으로 줄어들기 시작하였지만, 그래도 10여년 이상, 1990년 초까지는 문학지의 판매량 등을 감안할 때 문학이 흥기하는 분위기였다.

그 때부터는 영수를 찬양한다거나 당을 찬양하는 등의 구호적인 시는 자취를 감추기 시작했다. 우선 재미가 없어서 독자들이 싫어하기 때문이다. 이러한 험난한 과정을 거쳐오면서 문학이 개화하기 시작했는데, 1980년 중반부터 모더니즘 문학이 들어오기 시작하여 쟁론이 심했던 적이 있었다.

모더니즘을 맹종한 나머지 무조건 흡수하자는 부류가 있는가 하면, 전통시를 고수하고 받아들일 수 없다고 고집하는 부류도 있었으며, 전통을 기반으로 받아들이되 난해한 몽롱시는 배제하자는 부류도 나타나게 되었다. 모더니즘을 무조건 받아들이자는 부류는 김소월 시대는 이미 지나갔으며 전통시는 볼 것이 없다고 혹평하는 측이었다. 그러나 현재에는 한국와 일본, 미국, 유럽 등지와 문이 열려서 현대시를 이해하게 되었다.

1990년대의 시를 피상적으로 보는 경우에는 기법이나 다양성 등으로 상당한 변화를 보인다. 그러나 시다운 시를 건지자면 건질 것이 별반 없는 것도 숨길 수 없는 사실이다. 자질구레하고 왜소한 시들에 혼이 보이지 않기 때문이다. 모양을 갖추는 것처럼 보이지만 내용이 없는 것이다.

과거에는 정치에 귀속되어서 너무 큰소리만 치다가 소진했다면, 근래에는 다양한 변화는 보이고 있지만 잔소리에 그칠 뿐 높은 가치의 사상성, 즉 철학이 빈곤하다. 철학이 빈곤하기 때문에 시가 항상 그 소리가 그 소리일 뿐이다.

중국조선족 시인들이 앞으로 나아가야 할 방향은 전통성과 세계성의 균형있는 조화에서 찾아야 할 것이다. 우리의 전통성이란 가령 다산 정약용이라든지, 황진이, 그리고 개화기 이후 근대로 내려오면서 수작을 보여준 김소월, 한용운, 정지용, 김기림, 김광균, 박목월, 조지훈, 김영랑, 윤동주, 유치환, 신석정, 서정주 등의 작품세계를 살펴봄과 동시에 해외의 문예사조상에 나타난 작품에서 새로운 실험정신을 통하여 탐구력을 길러야 할 것이다.

1980년대 이후에 활약한 시인 중에는 박화, 한춘, 남영전, 최룡관 등에 관심이 간다. 이들이 앞으로 어떠한 방향으로 시창작을 전개하는가에 관해서는 좀더 지켜볼 수밖에 없다. 그만큼 이들의 시세계는 아직은 안존된 사상으로 정돈되어 있지 않다. 남영전의 경우만 보아도 그렇다.

그의 시가 토템시로 특색있게 천착하는 자세는 바람직하다. 그가 선택한 제재가 우리 민족 최초의 정신발달단계인 원시시대 이후의 토테미즘 시대로 소급해 올라감으로써 스스로의 정체성을 확인하고자 하는 갸륵한 의식의 한 자락을 엿볼 수 있기 때문이다.

문제는 예술적 가치로서의 시다운 시가 되어 있느냐 하는 점이다. '무엇(소재)'을 쓰는가 하는 것도 중요하거니와, 보다 더욱 중요한 것은 '어떻게(주제와 제재)' 쓰느냐가 더욱 중요하다. 시는 예술적 가치의 표현이 효과적으로 이루어져야 하기 때문이다.

이 세계에 존재하는 어떠한 민족의 분화도 한 번은 토테미즘의 시대를 거치기 마련인데, 그는 우리 고유의 단군신화 이외에 세계적으로 보편성을 띠고 있는 사물, 가령 흙, 물, 불, 산, 해, 구름, 별, 돌, 바람, 비 등등 토템의 범주에 묶을 수도 없고 묶여지지도 않는 사물까

지 싸잡아서 토템시를 시도하는 것은 무리가 아닐 수 없다. 이는 과
잉된 의욕에서 온 무리가 아닌가 한다.

다음으로 눈에 뜨이는 것은 시를 예술로 승화시키는 데 있어서 기
본이 되는 형식의 문제다. 중국어를 한글로 번역하는 과정에서 시어
의 한계로 인한 어려움이 따랐겠지만, 아뭏든 「산호」를 제하고는 여
러 곳에서 시의 예술성, 즉 균형과 조화에 문제가 있음을 발견하게
된다. 가령 「바람」의 경우는 바람의 다양한 현상이 나타나 있거니와
그 공기의 이동에서 야기되는 단일한 이미지 외에 남녀의 애정윤리
의 불규칙동사 같은 바람의 이미지 등은 보이지 않는 점이라든지,
물이나 불의 현상은 있어도 물과 불의 철학이 없는 「물」과 「불」을
지적하지 않을 수 없다.

대부분 설명적인 관념어의 나열로 이루어지고 있어서 시의 긴축
정책이 요구되는 「해」라든지, 언어가 절제 없이 나열되어 있는 「사
자」, 단정적인 언어로 여운의 가능성을 차단시키는 「흙」과 「양」, 상
식선에서 설명에 그치고 있는 「돌」 외에도 지적하지 않을 수 없는
것은 많은 시들이 하나의 행이 하나의 낱말이나 두 개의 낱말로 이
루어진 게 너무 많다는 점이다.

시(예술)란 아름다움을 추구하는 성격의 것으로, 그것은 균형과
조화를 전제한다는 점을 간과할 수 없다. 그래도 다행스러운 것은
남영전 시인의 시집 『백의 넋』에서 「산호」를 만나게 된 일이다.

　　고향을 멀리하여
　　세속의 랭담을 멀리하여
　　바다속 암류밑에 숨었습니다.

굴절된 신념이
저주받고 매몰당한 욕망이
천년의 계략을 거쳐
만년의 수련을 거쳐
굳세인 뼈로 엉켜지고
결백한 령혼으로 순화되여
한없이 넓은 바다밑에
아름다운 해저화원 기르고
무성한 삼림 기르고
바다속에 숨겨진 암초 기르고
바다우에 솟아난 섬을 기릅니다.

하여
적막하고 랭랭한 먼 바다에도
줄기찬 생기가 넘쳐납니다
집없이 떠도는 생명에게도
안락한 거실이 있게 됩니다
무모한 침범자가 들이닥치면
억세인 팔뚝으로 짓부십니다

산호는 이채로운 기발이고
산호는 천태만상 조작입니다
산호는 흩어짐이 없는 합력이고
산호는 불패의 군체입니다

—남영전의 시 「산호」

　이 시에 관심이 가는 까닭은 다른 시에 비하여 진실성이나 진지성의 밀도가 높을뿐더러 형식에서 요구되는 구체적 형상화에도 새로운 모습을 보여주고 있기 때문이다. 그는 '산호'라는 사물을 통하여 자신 속에 내재된 채 침잠되어 있는 그리움과 동경의 앙금을 풀어내는 방식으로 표현의 효과를 살려내고 있다. 그에게 있어서 의식의 한 자락이 내비치는 그것은 스스로 저변에서 꿈꾸는 냉대받은 자의 뼈로 엉킨 영혼의 울림이라 할 수 있다.

　남영전 시인처럼 중국어로 먼저 시를 짓고, 그것을 한글로 다시 번역하는 방식으로 시를 쓰는 시인으로는 김학천 시인도 있다. 이 두 시인은 모국어가 빈곤한 데서 오는 한계가 있다. 그 한계의 극복이야말로 앞으로 해결해야 할 당면과제다.

　김학천 시인의 시집 『붓나무숲 情結』에서의 그 "情結"이라는 언어 자체부터가 한글문화권에서는 부자연스런 말이다. 이 시집에서 관심이 가는 시는 「가을 소식」이다.

소슬한 가을바람
허공속에 가득차고
冥府에서 부친의 목소리 들려온다

—김학천의 시 「가을 소식」 중 전반부

홍기삼 교수는 이 시에 대하여 "직유의 솜씨와 가을에 대한 시인의 감수성이 잘 드러나는 대목이다. 그는 이처럼 계절과 사물을 관념적으로 변환하지 않고 즉물적인 메타포에도 솜씨를 보인다"고 했는데, 어느 정도 솜씨를 보이는지, 그 질량에 대해서는 다루어지지 않고 있다.

중국에서는 1982년에서 1984년 사이에 소위 몽롱시로 지칭하는 모더니즘 성격의 시가 한족들 사이에 유행된 적이 있었고, 1987년에는 난해시가 대두되었다.

모더니즘은 원래 일반적으로는 기성 도덕과 전통적 권위를 반대하고, 자유와 평등, 도시의 시민 생활과 기계문명을 구가하는 사상적, 예술적 사조를 의미한다.

이는 계급투쟁이 격화되기 시작한 1870년대에 있어서, 소시민적 지식인 사이에서 발생한 사상 경향으로서 20세기에 들어와서 유행했다. 좀더 환언하면 상징주의, 인상주의, 야수주의, 입체파, 미래파, 다다이즘, 쉬르리얼리즘 등이 그것이다. 이러한 예술적 철학적 사상의 근저에는 허무주의, 개인주의 등이 깔려 있다는 공통성을 지니고 있다.

한국에서는 프롤레타리아 문학의 퇴조와 일제의 군국주의가 노골적으로 대두되기 시작할 무렵인 1930년대 英·美主知主義의 영향을 받고 일어난 문학사조다.

　知性을 중시하는 영미의 주지주의 문학에서는 반낭만주의적 태도라든지, 시각적인 이미지를 중요시하였다. 중국조선족 시인 가운데에서 모더니즘 경향을 띤 시인으로는 1943년 흑룡강성 연수현에서 출생한 한춘(임국웅)을 들 수 있다.

지난 밤 꿈쪼각을 맞추고

새벽 못가에서 비상한다

부리로 햇살을 물고와

조그만 기발을 흔들며

잔혹했던 겨울을 잊기로 한다

마음 거칠어지는 날에는

시간의 아픔을 재단하며

마당구석 어둠을 방류한다

끝나지 않은 풀의 의문을

결 고운 크레용으로 덧칠한다.

—한춘의 시 「파랑새」

낫을 갈아야 할 것이다

한평생 갈아야 할 것이다

방판 같은 숫돌이 닳아 없어질 때까지

반월만한 낫달이 닳아 없어질 때까지

꿈꾸는 가지도 쳐주고

새둥지엔 풀도 깔아주고

막혔던 물결은 열어주고
배고픈 기다림은 깎아주고
그리고 마음의 잡동사니
하나 둘 썩둑썩둑 자르면
찬란한 비명소리 익어갈테다

혼자서 자꾸 낫가는 일
세상에서 가장 쓸쓸한 일
낫가는 일은 버릴 수 없는 일.

―한춘의 시 「낫갈기」

한춘의 시 「파랑새」는 신선한 충격을 주는 작품이다. 밤엔 꿈쪼각을 맞추고 낮에 비상한다는 착상 그 자체부터가 평이하지 않다. 파랑새는 이 시인 자신일 수 있다. 새가 햇살을 물고 와서 깃발을 흔들며 겨울을 잊기로 한다는 의도는 시인으로서의 포용성을 엿보게 하는 대목이다. 아픔을 재단하며 어둠을 방류한다는 절묘한 구절도 감춤과 드러냄의 상징과 은유를 효용한다.

다음의 「낫갈기」도 그의 특이한 기질이 엿보여 매력을 더한다. 농부(시인)다운 발상이다. 온갖 존재계에 향하는 이타정신을 내면에 정돈시켜서 넌지시 내비치는 기교가 경이롭다. 농부와 시인이 동일심정 위에서 존재하기 위해 낫을 가는 행위를 통해서 내면에서 분출하는 잠세어를 행동으로 내비치고 있기 때문이다. 이 외에도 건강한 시로서 긍정적인 사유를 내비치는 「마른 우물」이라든지, 유추능력이 뛰어난 「나도 고속도의 대렬에」, 또는 소리의 미학을 단적으로 드러내는 「다듬이소리」, 의식은 치열한데 구성이 불안정한 「유점사

터」, 이미지의 참신성, 즉 부분적이기는 해도 색채의식과 형태의식
및 청각적 음향의식으로 참신한 미감을 주는 「립춘을 앞두고」 등에
관심이 가나 조탁을 요한다.

고양이도 그리면 범이 되는가
력사책은 언제나 승리자의 편

권세자의 혓바닥은 만능이던가
이 세상 진리는 오직 하나 뿐

래일의 씨알 속에 살아 숨쉬는
지혜의 결정체는 영생하다만

천하를 호령하던 금박우상은
두개골에 빗물이 썩어나누나

책들이 가르치는 불멸의 교훈
종교보다 강하다, 뼈에 슴배여…

—박화의 시 「책」

분신쇄골 어떠랴
하얗게 소리치며
하나로 향한 마음
절벽처럼 꿋꿋이
천지간에 우

감뚝

탄섰

표다

！！

　　박화 시인의 시 「책」은 책을 빙자해서 과잉된 의식을 절제 있게 표현한 작품이다. 그의 내면세계에서 치열하게 작용하는 역사의식과 사회의식, 미래의식 등이 응축된 시어로 표출되어 있다. 여기에 내비치는 치열한 언어는 풍자와 해학으로 시적 매력을 증폭시킨다.

　　다음의 시 「백두산 폭포」는 현대적 기법을 시도해 보는 실험시라 할 수 있다. 이는 미래파 입체파에서 시도했던 조형적 수법의 실험적 시도다. 이러한 시도는 모더니즘의 성격을 띠게 되는데, 전통성의 접목에는 거리가 있지만, 종래의 안일한 태도에서 벗어나려는 시도의 일환이라는 점에서 부분적 의미를 찾을 수 있겠다. 여기에서 말한 '부분적 의미'는 박화 시인의 시세계에 있어서 보편적 또는 중심점에 두지 않는다는 의미와 관련되는 말이다.

　　그의 시 「낡은 우물」의 경우, "아내는 박꽃같이 활짝 웃으며/드레박에 푸른 하늘 길어 올린다."는 구절은 절묘하게 반짝이는 사금이라 할 수 있겠는데, 부분적인 반짝임에 그치고 있을 뿐 전체를 그 차원으로 승화시키지는 못하고 있다.

　　태양의 화로불에다 바다물을 구웠다. 불의 립자들이 메새무리처럼 후르르 날아내려와 H와 O를 물어갔다 남은 것은 하얀 결정체. 새들에게 물려가지 않은 소리들은 그래도 남았는가 소금을 귀에다 대면 물결 우에 나는 갈매기 울음소리며 항구의 고동소리며 어부들의

배노래가 흥겨웁다 소리를 듣노라면 수평선으로 펼쳐진 하얀 바다
꽃무리들의 숨박곡질이며 어장의 그물들의 반짝임이며 오가는 배
들의 황홀이 선연히 다가온다

　　태양의 화로불에 굽히여 바다물은 소금이 되였어도 소금의 모체
　　는 소금 속에서 그대로 오손도손 살아가고 있다.
— 최룡관의 시 「소금」

　　생명중시의 생태시에 남다른 관심을 보여온 최룡관 시인의 산문
시 「소금」은 약간의 억지에서 무리가 따르기는 해도 건강한 제재의
선택과 시적 언어의 조립을 보였다. 바다의 입방체인 건강한 소금의
존재양상에서 소금의 존재를 가능케 하는 태양이 유추되고 있다. 그
유추능력은 항구의 고동소리로, 어부들의 뱃노래로, 바다꽃무리로
유추, 전이되어 반짝인다.

　　새가 울어
　　마음이 흔들리면 나는
　　산으로 간다

　　푸른 잎에
　　새는 보이지 않고
　　청아한 울음소리만
　　나무잎에 조롱조롱 매달려
　　구슬처럼 반짝인다
— 최룡관의 시 「나의 강장골 2」 중 일부

　대상적 사물을 주로 주체적으로 보려는 대상의 공무화(空無化)가
시도되고 있다. 새는 보이지 않고, 청아한 울음소리만 나뭇잎에 매
달려 있다는 발상이 그것이다. 특히 현대시에서 중요하게 여기는 것
중의 하나는 대상적 사물을 그리되 사물 그 자체가 아니라 주체자와
사물 사이의 상사적(相似的) 인식이다. 여기에서는 '새소리'라는 청
각적 음향의식을 시각적 색채의식으로 바꾸는 이미지의 전환도 새
로운 실험정신에서 기인되는 시도의 일종이다.

　　　어제밤 하늘에 퍼지던 불티들
　　　하늘을 태우려다 타지 않으니
　　　불티비로 쏟아졌다나

　　　이 아침 남산에 불이 달렸다
　　　버들피리 불던 아이들
　　　우야우야 소리치며
　　　불끄러 산으로 갔다

　　　아이들이 불은 끄지 않고
　　　도리여 불길을 휘날리며 달려내려와
　　　내가에다 불을 지른다.

— 최룡관의 시 「진달래 3」

　만개한 진달래의 산천 풍경을 '불'과 '아이들'과 관련시켜서 표
현하고 있다. 이산 저산 뿐만 아니라 냇가에까지 진달래가 불길처럼
흐드러지게 피어 있는 색채와 형태를 불길이 번져가는 전경화를 통

해 드러낸 점이 이채롭다. 만개한 진달래의 꽃빛깔이 불길이 번지는 이동경로처럼 생동감 있게 그려지고 있다. 진달래를 사물 그 자체로만 보지 않고 불을 끌어들여 연상작용의 확대를 꾀함으로써 실감을 가져오게 하였다.

이 시인의 시 「시인」에도 그 제재면에서 관심이 가나 형태(형식)면에서 균형과 조화에 소홀했다는 점에서 아쉬움이 남는다. 7행으로 이루어진 시에 한 행에 두 낱말로 이루어진 행이 5행이나 되고, 1행부터 4행까지는 연속으로 두 낱말로 이루어진 것도 형식미를 고려하지 않은 안일한 태도라 할 수 있다. 이러한 시인은 시어의 조화를 위해서도 균형과 조화를 중시하는 고전주의에 관심을 가질 필요가 있다.

20세기 80-90년대에 활약한 젊은 시인들 중에는 김학송, 이성비 등의 시인들에 관심이 간다. 김학송 시인의 경우는 짧은 시간에 순발력이 있는 변화를 보이고 있다. 그는 짧은 기간에 17권의 시집을 내었으나 대부분 언어의 부스러기에 불과하고, 두 세권의 시집에서 사금 같은 시어와 만나게 된다. 그러나 그 시어들도 그의 예민한 시적 감수성이라든지 반짝이는 재기를 나타내는 정도에 지나지 않는다.

그의 재기 넘치는 시어의 착상은 임헌영도 거론한 바와 같이, 가령 "믿자, 내 여인의 마지막 정조를…"(「20세기의 마지막 밤」)이라든지, "곱게 보여도/개는 언제나 개다"(「진리」)로 표현한 응축된 시어가 바로 그것이다. 그는 외지를 왕래하면서 의식 내부의 광석을 제련하고 세공작업을 거듭한 끝에 언어의 부스러기가 아닌 하나의 생명체를 탄생하기에 이른 것으로 보인다.

하늘을 꿈꾸는 새가
땅에서 잠을 잔다

높은 하늘을 꿈꿀수록
견고한 대지에 뿌리 뻗는 나무
그 어깨에 둥지를 튼다

둥지를 틀면서
꿈꾸는 무지개,

욕심의 그릇이 작고 남루할수록
거기에 담긴 하늘 넓어만 가느니.

— 김학송의 시 「꿈꾸는 새」

내가 당신을 욕심 내지 않았기에
당신의 마음을 붙들 수 있었다

낭비하지 않으려는 비밀로
순간을 영원으로 이어주는
풀냄새 짙은 가난한 시간이
성숙의 끈을 드리워 주었기에

너는 내 속에서
나는 네 속에서
영원의 별이 되어 빛난다

아름다운 꿈의 궁전으로
비밀을 물 주어 가꾸는
꿈의 나라 백성으로서.

— 김학송의 시 「묵시록(默示錄)」

위의 시 「꿈꾸는 새」는 내용이나 형식, 그리고 사고의 차원까지도
때를 벗는 느낌을 준다. 이 시를 읽으면서 나는 비로소 미래의 시단
을 긍정적으로 전망하게 되었다. 그것은 시의 예술성과 영원성을 내
다보게 되는 예감 같은 것이었다. 그런데, 이러한 기대는 그가 앞으
로 종교적 상상이나 철학적 인식, 또는 역사의식, 사회의식, 문학에
의 정열과 양식 등 다양한 양질의 요소들을 갖추느냐의 여부에 따라
서 희비가 엇갈리게 될 것이다.

명금의 시작은 굵고
끝은 가늘다

한 마리 련어
비늘 떨어진 상처투성이 몸으로
강을 거슬러 지느러미 젖는다

아스라한 폭포수
거슬러 뛰어넘으며
물살을 얼치기도 했다

자갈돌들이 가득 누워

162

발목 적시는 개울

그곳이 련어가
부활하는 천국임을
그대 손바닥 펼치면 환히 보이리라

— 이성비의 시 「손금」

　탄탄한 주제의식이라든지, 반짝이는 언어로 보아 가능성이 보였는데, 연과 연 사이의 풀린 연결고리라든지, 고르지 않은 언어의 취사 선택, 통일된 주제를 위한 구조의 치밀성 등에서 아쉬움이 남는다. 아무리 반짝이는 사금이 있다 할지라도 사금끼리 모으지 않는다거나 제련하여 세공작업을 하지 않는다면 강변의 사금에 불과하다. 단적으로 말해서 이 시의 가능성은 감춤과 드러냄에 있다면, 그 결점은 시의 예술적 가치를 위한 균형 있는 조화가 따르지 못하는 데 있다. 따라서 이 시인은 부단한 조탁이 요구된다.
　그것은 마치 부드러운 물살에 의해서 조약돌이 다듬어지는 현상과 흡사하다. 미국의 콜로라도 강물이 20억년을 걸려서 그랜드 캐년을 만들었다면, 시인은 그보다는 짧은 시간이지만 부지런히 말을 다듬어 정교한 작품을 생산해야 한다.

한 사발 청주에는
당신과 나만이 들을 수 있는
우리의 가락이 담겨져 있습니다.

팔월의 환한 달빛이

아름다웁고 고요한

청음의 가락

그 밝음을 타고 서서히

안개가 피여 흐르고 있습니다.

— 이성비의 시 「청주」 중 앞부분

이성비 시인은 천부적으로 좋은 시를 쓸 수 있는 순수 심성을 타고난 사람이다. 그런데 비단이 될 수 있는 명주실을 뽑아내야 할 누에가 뽕잎을 충분히 섭취하지 못했고, 잠(사색)을 충분히 자지 못했다. 그래서 기승전결에 있어서 뒷심(轉結)이 미약하다. 시의 향상을 위해서는 윤오영의 「양잠설」을 참고할 필요가 있다. 끝판에 생각을 굴려서 차원을 달리하는 뒷심을 위해서 그렇다.

박정웅의 시 「고독·2」는 누에가 뽕을 먹듯 독서한 흔적이나 잠(사색)을 잔 흔적이 보인다.

공허한 목소리들이

어두워 가는 광장 상공에서

요란스레 푸득인다

주위의 창문들은

하나 둘 닫겨져

한 오리 빛마저 아끼는데

줄 끊어진 연 하나가

상처 입은 새같이
나무에 걸려 바람에 파득인다

'고독' 이라는 추상적인 관념을 구상화(具象化)하는 솜씨가 범상
치 않다. 1연은 '공허한 목소리' 라는 청각적 이미지와 '어두워 가는
광장 상공', '요란스레 푸득인다' 는 시각적 이미지를 아울러서 통
감적 이미지를 창조함으로써 한층 음울한 기분을 자아내고 있다면
2연은 "주위의 창문들이/하나 둘 닫겨져/한 오리 빛마저 아끼는데"
와 같은 상징적 표현을 통해 한결 음침한 분위기를 고조시킴으로써
세상의 몰인정함과 비정함을 암시하고 있다. 3연은 나무에 걸린 '줄
끊어진 연' 이라는 상징물을 상처입은 새에 비유하여 참신한 시각적
이미지를 창조함으로써 세계와 단절된 자아, 배신당한 서정적 주인
공의 외롭고 쓸쓸한 처지를 잘 보여주고 있다.(김호웅 교수의 평설)

그림자처럼
무시당하고 밟히는 사람

그림자처럼
수상(殊常)하고 불길(不吉)한 사람

그림자가 길어
외롭고 지쳐 보이는 사람

마침내 자신이
그림자로 되어 가는 사람

박정웅 시인의 시 「자화상」이다. 여기에서의 '그림자'는 인간의
그늘인 동시에 죽음이나 울음, 불투명 등을 은유한다. 이러한 심층
언어의 도출은 앞으로 신진들로 하여금 중국조선족 시세계를 보다
확대, 심화하는 가능성을 내다보게 하여 기대감을 갖게 한다.

9. 문예사조의 이론적 혼란

중국의 모택동은 문학은 마땅히 혁명적 사실주의와 혁명적 낭만주의가 결합되어야 한다고 제창하였다.[21]

모택동의 이 주장은 '대약진' 시대에 제기되었으며, 사실주의와 낭만주의가 강조되었다. 특히 낭만주의는 이상을 뜻하는 것으로 해석되었다.

'쌍결합' 토론에서는 사실주의가 낭만주의와 결합하는 것 자체가 곧 문예의 본질과 특성으로 된다고 제기되었다. 1960년에 열린 제3차문화대회에서는 이런 관점을 근거로 '쌍결합'을 가장 훌륭한 창작 방법이라고 긍정하고 원래의 사회주의적 사실주의 창작방법을 바꾸었으나 이론적으로 종래의 방법을 뛰어넘는 내용이 나오지 않은 것으로 확인되었다. 사실주의와 낭만주의의 개념을 명확히 제기하지 못했기 때문이다.

전하는 기록에 의하면 "제3차문대회에서는 혁명적 현실을 혁명적

---

21) 『중국당대문학사』(연변인민출판사, 1990. 55쪽).

사실주의로, 혁명적 이상을 혁명적 낭만주의로 간주하였다."(『중국
당대문학사』, 연변인민출판사, 1990. 56쪽)고 되어 있는데, 이러한
개념에 대한 이해와 해석의 혼란은 문예창작에도 영향을 미쳐 마치
나침반 없는 배와도 같이 갈피를 잡을 수 없게 만들었다.

　중국에서는 사실주의와 낭만주의를 결합시키려는 시도를 하였으
나 이것도 저것도 아닌 조잡한 웅변조의 시들이 범람하게 되었다.
중국에서는 러시아의 문화(이념)를 수용하면서도 유럽의 문화를 수
용하기 때문에 문화의 혼용은 불가피하고 또 정리되기도 어렵다.

　가령, 모택동이 제창한 사실주의와 낭만주의 결합의 경우, 구체적
으로 무엇을 어떻게 결합할 것인가 하는 문제에 직면하게 되는데,
이는 재단하는 식으로 다룰 수 없는 성격의 것이라서 어려운 문제에
봉착하기 마련이다.

　유럽의 문예사조와 러시아의 그것의 차이점도 있겠거니와 사실주
의와 낭만주의의 결합 자체부터가 가능한가 하는 의문이 남는다. 문
예사조의 이론이 작위적으로 성립되고 또 활용될 수 없는 문제를 안
고 있기 때문이다.

　1830년을 전환점으로 하여 독일에서는 낭만적 경향이 사라지고
현실적, 사실적 경향이 나타나기 시작하였는데, 1830년의 프랑스혁
명, 1848년의 독일의 3월혁명, 그리고 자연과학과 기술의 급속한 발
달로 인한 산업의 근대화 등 사회변동은 고전주의 이념이나 낭만주
의의 꿈과 환상에 안주할 수 없게 하였다.

　이러한 변화에 대한 반응은, 격동하는 외적 현실을 외면하고 범속
한 소시민적 체념에 잠기는 경향과 봉건적 압제 정치에 반항하여 민
주주의 지향에 적극적이고 진취적으로 현실개혁에 참여하는 두 갈
래의 흐름을 보였다. 섬세하고 치밀한 자연관찰이라든지, 일상적이

고 소박한 향토정서로 아름다운 서정시를 남김으로써 독일의 문학 사상 최고의 여류시인으로 알려진 드로스테 휠스호프가 전자에 해당된다면, 전세계에 알려진 하이네는 후자에 속한다.

문예상의 사실주의는 19세기 전반까지의 낭만주의에 반대하여 사실(事實)을 있는 그대로 충실히 묘사하는 것을 방침으로 하는 현실주의 문학사조를 가리킨다. 그 특징은 미적, 조화적인 것보다 추악하고 불쾌한 부분을 세밀하게 묘사하고 구체적인 개성을 중시하며, 현실을 과장하거나 전기적(傳奇的)인 공상이나 환상이 없이 객관적으로 파악하고 표현하는 데 있다.

이러한 사실주의 경향은 시보다 소설에 적합한 성격을 지니는데, 어떻게 낭만주의에 대한 반동사조로 나타난 사실주의를 낭만주의와 결합시키려고 했는지 이해하기 어렵다.

물론 중국에서 수용하는 러시아의 사실주의는 유럽의 그것과는 차이가 있다. 현실 일변도의 무주의(無主義)와는 달리, 현실을 예술적으로 개조하고 모든 사상을 심리적 완전성과 예술적 구상성 속으로 창조하는 것이다.

이러한 사실주의의 배후에는 유럽의 유물적 현실주의 경향도 있고, 18세기말부터 싹튼 국민적 자각도 있었다. 단적인 한 예로서, 비평가 벨린스키는 「러시아 소설과 고골리의 소설」(1835)이라는 논문에서 "현대의 참된 예술은 현실의 시이며, 생활의 시이며, 실사회의 시"라고 주장했다.

그러나, 러시아의 사실주의는 혁명(1917) 이후, 사회주의 리얼리즘의 방향으로 굳어져서 소위 당성(黨性)과 계급성 등의 기계적 도식주의의 강화로 창작의 자유에 제약이 따르게 되었다.

오늘날 중국조선족 시인들이 표상하는 사실주의가 어떠한 성격의 것인지 모호한 와중에 처해 있다. 이상각 시인의 경우, 그는 사실주의를 중시하지만, 그의 시는 본래의 사실주의와는 거리가 있다. 그는 미적이며 조화적인 시세계를 중요시한다. 추악하고 불쾌한 부분을 세밀하게 묘사하는 사실주의 문학과는 판이한 성격의 시세계를 중요시한다. 추악하고 불쾌한 부분을 세밀하게 묘사하는 사실주의 문학과는 판이한 성격의 시세계를 지니고 있기 때문이다.

그는 러시아 사실주의에 있어서 벨린스키의 지론에 접근되어 있으면서도 이미지를 중시하는 전경화(前景化)라든지, 객관적 사물에 주관적 정서를 투사하는 방식을 보면 낭만주의 요소도 있어서 전통적인 시적 요소에 현대적 요소도 가미되어 있음을 알 수 있다.

깨끗한 압록강 모래섬 가에
백설 같은 두루미 하얀 두루미
떼지어 내려앉네 깃을 다듬네
맑은 물에 흰 몸을 씻고 또 씻네

뒤맵시 앞맵시 보아달라고
이 다리 저 다리 껑충거리며
마주섰다 돌아섰다 하는 그 모양
오고가는 배손들의 흥을 돋구네

이 시는 이상각의 시 「두루미」 중의 전반부다. 두루미에 관한 시각적 색채의식과 함께 형태의식과 청각적 음향의식 등 복합적 이미저리가 등장한다. 서경과 서정의 어울림으로 흥이 살아난다.

사실주의(1820-1890)란 고전주의, 낭만주의(1786-1835), 자연주의

(1880-1900) 등 여러 문예사조에서 하나의 유파에 해당되기 때문에 오로지 그것 하나만이 절대적인 방법으로 규정하는 것은 옳지 않다.

사람의 몸에 옷을 입히는 게 아니라, 정해진 옷에 사람을 맞추려고 하는 우를 범하게 되는 양상이다. 사실주의에 부족한 요소가 고전주의나 낭만주의에 있을 수 있다. 고전주의만 하더라도 예술의 본질, 즉 '자아와 세계의 조화'는 시에 있어서 예술성을 살려내는 데 있어서 중요시하지 않을 수 없는 본질적 요소가 되기 때문이다.

10. 중국조선족 시인의 위상과 그 존재위치

중국조선족 시인들의 경우, 그의 국적은 중화인민공화국인 동시에 혈연공동체로서의 민족은 조선족이다. 그러나 그들은 '조선민족' 으로 일컬어지지 못하고 있다. 만일 '조선민족' 으로 일컫는 경우에는 정치적으로 미묘한 난문제에 봉착하게 된다. 제대로 떳떳하게 부르려면 '조선민족' 으로 일컬어야 하지만, 중국에 거주하는 우리 동포들은 그러한 처지에 있지 못하다.

만일 중국에 거주하는 우리 동포들을 '조선민족' 으로 호칭하는 경우에는 '조선민주주의인민공화국' 이라는 북한 지역의 인민과 혼동할 수도 있고, 중국에 있어서는 정치적인 문제에 부딪치기 때문에 '조선족' 으로 일컬어지게 되는 것은 피할 수 없는 숙명이다.

사실은 "조선민족" 을 줄여서 "조선족" 이라고 부르는 것이다. 중국에서는 "한민족" 을 "한족", "만민족" 을 "만족", 그리로 "회족" "장족" 등 약칭을 습관적으로 부른다. 그러므로 "조선족" 이란 "조선민족" 이라는 말이다. 두 단어는 구별이 없지만 어떤 정치성이 있는 듯이 오해하는 수도 있다.

한국에서는 분단된 상황이기는 해도 단일민족 국가이기 때문에, 우리 민족이자 우리 나라 국민이라고 하는 의식을 갖기 마련이다. 즉 동일한 국가의 국민인 동시에 동일한 민족이라는 동일개념의 의식을 갖는다.

그러나 중국조선족은 '우리 나라' 이자 '우리 민족' 이라는 동일한 관념의 의식을 지닐 수 없게 되어 있다. 국가와 민족을 동일하게 생각할 수 없는 역사적 숙명에 놓여 있는 것이다.

중국내에서 중국인(한족)들은 중국조선족을 가리켜 '소수민족' 이라 일컫지만, 대외(외국)에서 말할 때는 '우리 중화민족' 이라고 일컫는다. 중화민족은 56개 민족으로 구성되어 있는데, 중국에서 생존하는 '조선족(조선민족)' 도 거기에 포함되기 때문이다.

따라서 민족관과 국가관을 얘기할 때에는 국가와 민족을 구분하여 객관적인 시각에서 보아야 한다. 이것이 '중국조선족' 이라 불리어지고 있는 우리 동포들이 처해 있는 역사적 숙명으로서의 현실이다.

중국조선족 사회에서 대표적인 석학으로 꼽히는 정판룡(鄭判龍, 1932- 2001)교수는 "우리는 한반도에서 중국에 시집 온 사람이다. 시집이 잘 되게 시집처리 잘 해야 한다. 친정 일도 돌보고…" 이렇게 갈파한다. 중국조선족 시인들은 시집과 친정으로 비유되는 중국과 한국이라는 이중성에서 슬기로운 통찰과 문인으로서의 양식이 요구된다.

중국조선족 시인들의 작품이 문화적인 면에서는 세계의 한글문화권의 한 자리에 속해 있음과 동시에 중화인민공화국의 국민으로서 그 정치권에 귀속되어 생존하기 때문에 중국문화의 한 부분으로도 속하게 된다. 중국이라는 거대한 지역의 문화권 속에서 하나의 주변문학으로 존재하는 것도 현실이다. 역사적 숙명에서 국가와 민족 사이에 이중성을 띠게 되기 때문이다.

중국조선족 시인들은 중화인민공화국의 창건(1949) 이래, 반우파 투쟁(1956)과 대약진운동(1959)을 거치고, 3년재해(1961-63)와 사청운동(1964), 그리고 문화대혁명(1966-1976)을 거쳐오는 동안에 문학다운 문학, 시다운 시를 제대로 쓸 수 있는 기회를 갖지 못하였다.

이러한 정치적 사회적 피침을 당해 오던 과거에는 구호에 불과한 언어의 공소한 작품이 명작으로 불리어지는 희비극의 연출 속에서 신음을 찬양으로, 진실을 왜곡하는 가식에 길들여지게 되었다.

1970년대 말기부터 전개된 소위 '개혁개방'이나 '새 시대'가 열리기 이전의 과거 문학은 소련에서의 "스탈린 만세"나 북한에서의 "김일성 만세"처럼, "모택동 만세"나 "공산당 만세"의 문학이었다. 과거에는 이러한 구호적인 표현 이외에는 존재할 수가 없었다.

8 · 15 광복 전에는 일제의 질곡 속에서 '천황폐하 만세 문학'을 하였으며, 중화민국 창건 후에는 당과 수령에 충성을 맹세하는 구호 문학에 길들여지게 되었다. 물론 여기에 굴하지 않고 지조를 지킨 김학철(金學鐵) 같은 작가도 있었지만, 대부분 생존을 위한 순응주의에 길들여지게 되었다.

이러한 과정을 거쳐오는 동안에 중국조선족 시인들이 문학에 눈을 뜨기 시작한 것은 1980년대부터였다. 1951년 6월에 월간문예지로 창간된 『연변문예』(1951. 6-12)는 『아리랑』(1957)으로 개칭했다가 『연변문학』, 『연변』, 다시 또 『연변문예』로 개칭되었다가 많은 우여곡절 끝에 『천지』(1985. 1 · 1997. 12)로, 『연변문학』(1988 ·)으로 그 제호를 변경하면서까지 끈질긴 생명력을 유지해 왔다.

중국의 연변조선족 자치주라는 동북삼성은 우리 겨레가 항일독립운동을 맹렬히 펼쳤던 지역이다. 이 광활한 만주 벌판에서 피흘린 대가로 중국인민공화국의 건국 후 민족자치권을 얻게 되었고, 한민족의 언어문자를 법적으로 보호받게 되었다.

1950년대에 중국조선족의 문학잡지가 발행되어 이어져 나온 것은 다행한 일이나 창작을 지배했던 도식주의 창작방법이 문학을 피멍이 들게 했고, 연속되는 정치운동의 피해로 인하여 수많은 문인들과 작품들이 매장되었다.

월간문예지 『천지』(연변문예)의 창시자였던 김동구, 채택룡은 문단을 떠나 정배살이를 하다가 북한 지역에서 한많은 생을 보내게 되었다.

초창기부터 이 문예지에 문제작을 발표해 오던 김학철, 최정연, 서헌 등은 문단에서 추방되고, 수십년 동안 붓을 들지 못한 채 옥고를 치러야 했다. 소위 '정치복무론' 이라든지, '중심임무복무론' 또는 '계급투쟁복무론' 의 지배 아래 문학이 정치도구로, 계급투쟁도구로 정치의 도구화가 되어버린 것이다.

1949년에 중화인민공화국이 창건된 이래 1953년부터 1956년까지 3대개조가 있었다. 그것은 경제적인 면에 있어서 4인공상업을 국영으로 만드는 운동이 있었고, 1958년도의 대약진운동이 대대적으로 전개되었으나 실패하였다. 그것은 15년 내에 영국을 따라잡겠다는 공상이요 환상에 불과했다. 강철을 생산한다고 시민을 총동원하여 강철제련을 시도하였으나 실패하고 말았다.

1957년 반우파투쟁이 전개되었고 1959년에 이르러서는 반우경투쟁과 민족정풍운동이 펼쳐졌다. 일찍 토지개혁으로, 토지를 농민에게 나누어주었다가 호조조(互助組)를 했다가, 합작사를 했다가 인민공사운동을 하게 되었는데, 밥도 한 곳에서 지어 가지고 나눠먹던 그 집단운동은 제대로 시행되지 않았다.

그 다음, 1960년부터 1962년까지의 3년재해는 대약진운동이나 인민공사운동이 경제법칙을 떠나서 추구하던, 지극히 비현실적이며 공상적인 운동이기 때문에 절대빈곤을 초래하게 되었다. 설상가상(雪上加霜)으로 소련의 전문가들이 철수하게 되었다. 국제적으로 중소대립이 심해지고, 국내적으로 경제파탄으로 인해서 3년재해가 오게 되었다.

그 당시에는 자연재해라고 하였으나 시간의 경과에 따라 정책상의 오류로 인해서 빚어진 인재임이 밝혀졌다. 사청운동(四淸運動)은 사회주의교육운동을 의미한다. 이는 네 가지를 청산한다는 뜻인데, 1963년부터 1966년 5월까지 일부 농촌과 소도시, 공장, 광산 및 학교에서 진행한 정치, 경제, 조직, 사상을 청산하는 운동을 말한다. 간부들의 작품과 경제관리 등의 문제를 해결하는데 일정한 작용을 하였으나 1964년 하반기에 적잖은 하급관리들이 타격을 받았다. 이것이 실은 좌경노선에 반하는 세력을 배제하고 좌경노선을 고수하려는 운동이었는데, 이 운동이 확대되어 문화대혁명으로 번지게 되었다.

대약진운동의 부당성에 대해서 팽덕회가 모택동에게 진언했다. 팽덕회는 경제파산의 우려가 있다고 말했으나 그의 관점은 여산회의에서 모택동의 비판을 받게 되었다. 문화대혁명이란 원래 단기간에 마감하고자 하였으나 통제불능의 내란으로 번지게 된 데다가 임표 집단과 소위 '사인무리'의 집권으로 10년이나 경과하게 되었다.

중국조선족 사회에서 스스로 정체성을 확립하는 데 있어서 그 원동력이 되는 요소는 정치가나 경제인이 아니라 문인일 수 있다. 중국조선족 사회에 있어서는 어떠한 정치가도 민족문화를 지키기 위해 정체성의 확립을 정당하게 주장할 수 있는 현실이 아니다.

이는 마치 시부모 앞에서 친정을 두둔할 수 없는 현실과 같은 맥락이다. 중국조선족이 중국의 국민으로 존재하는 한 정치가는 으레 "우리는 중국공산당의 정확한 당의 민족정책의 영도하에…공산당이 잘해주었기 때문에 감사하다"는 식의 고정된 습관의 틀을 벗어날 수 없다.

이러한 상황에서 중국조선족의 뜻을 대변할 수 있는 매체는 문학밖에 없다. 이 말을 환언하면, 중국조선족 시인(문인)들이 한글로 작품을 쓰지 않는다면 중국조선족은 한글문화를 소유한 한민족으로서의 정체성을 유지하기 어렵다는 얘기가 된다. 따라서 여기서는 개인이 누리는 표현의 자유 이외에 특별히 주어지는 시인으로서의 남다른 사명이 주어진다.

이는 하이덱거의 지론대로 "언어는 존재의 집"이기 때문이다. 정치적 성격에서 기대할 수 없는 '민족의 넋 살리기'는 시인의 시어를 통하지 않을 수 없다. 여기서 소수민족 시인으로서의 남다른 고뇌가 있다. 그것은 전통성과 세계성을 균형 있는 조화로 현대의 시다운 시를 생산하는 동시에 문화의 영존을 위해 민족의 얼을 지켜야 하는 마지막 보루로서의 사명이 주어지기 때문이다.

아직까지도 시가 그 표현 방법상에 있어서 안일하고도 평이한 상태에 머물고 있음에도 불구하고 중국조선족의 정체성은 정치적 또는 상층부의 관료계급보다 문인(시인) 사회에서 기대할 수밖에 없다는 데에서 그 의의를 찾을 수 있을 것이다.

중국 연변에서는 1949년에 종합잡지『문화』가 창간되었으나 25호까지 내고 폐간되었다. 그후 1951년 6월 연변의 문학예술준비회의 기관지『연변문예』가『아리랑』으로 그 제호가 변경되었다. 이 문학지는 1974년 4월 『연변문예』라는 이름으로 복간되었다가 1985년 1월부터는 그 제호가 다시 『천지』로 바뀌었다.

여기에 특기할 만한 점으로는, 1979년부터 1981년 3년 사이에 『천지』의 발행 부수는 무려 208만 부에 달하였다는 점이다. 이것은 1974년 복간 때부터 1978년에 이르는 5년간의 발행 부수의 4배에 해당한다. 문화대혁명 기간인 1974에는 매달 발행 부수가 7천부였으나 1981년에는 매달 발행 부수가 8만 6천부로 뛰어 올랐다. 이는 당시 170만 중국조선족 인구 가운데서 19명에 한 권씩 해당된다.

이러한 현상은 갑자기 불어닥친 반우파투쟁과 민족정풍 등 정치운동에 의해서 많은 시인, 작가들이 억울하게 낙인이 찍혀서 감옥살이를 하는가 하면, 농촌으로 쫓겨나가 소위 말하는 '노동개조' 등으로 서리를 맞았다가 1978년 당중앙 11기3중전회의 이후에 극좌노선의 속박에서 벗어난 문인들이 다양한 목소리를 진술하게 쏟아내었기 때문이다.

현재에 이르기까지 『연변문학』(천지)은 50년이라는 복잡다단한 역사적 사회 현실에 곡절 많은 길을 걸어왔다. 여러 차례 정간과 복간을 거듭하였는가 하면 제호가 바뀌고 자주 이사를 하면서도 끈질긴 생명을 이어왔다. 그런데 최근에는 시장경제의 충격을 받아 몸살을 앓고 있다. 발행 부수는 뚝 떨어져서 힘겨운 사투를 하고 있는 것이다. 독자의 무관심도 문학을 어둡게 하는 요소 중에 하나라 할 수 있다.

11. 결론

중국조선족 시인들이 정치 사회적 현실로는 중화인민공화국의 국민인 동시에 언어와 문화 및 혈연공통체라는 민족의식으로는 한글문화권의 조선족이라는 이중적인 성격을 띠고 있다는 게 가장 근원적인 문제성을 지닌다.

여기에서는 먼저 청나라의 봉금령이 해제되면서부터 활발해진 이주사에 이어서 일제의 침탈로 이루어진 만주국 괴뢰정부 시대에 파생된 조선인문학의 성격을 확인하였다.

한반도 지역은 한일합방을 계기로 일제의 질곡에 묶여버렸던 데 비해서, 중국의 동북지역(만주)은 제한적이기는 해도 어느 정도의 문예활동이 허용된 상태였다. 지극히 제한적이기는 해도 1940년대부터 5년 동안 한반도에서 볼 수 없었던 한글문화가 만주국에서는 유지되고 있었다는 게 그 증거이다. 한글판 신문 발행이라든지, 작품 발표는 중요한 문학사의 근거가 된다.

중국조선족 문학은 반세기에 걸친 개척이민을 주축으로 형성된 이민사회를 바탕으로 형성된 문학이다. 여기에는 소위 '문화부대'

의 유입과 자생적인 향토시인의 출현으로 성장해 온 문학이라는 이중적 성격구조를 지닌다.

초기에 문학활동을 한 것으로 알려진 김택영, 신정(신규식), 신채호 등은 빼앗긴 나라를 되찾으려는 국권회복이라는 대의에서 파생된 문예형태라 할 수 있다. 1940년대 초에 본격적으로 치열한 시를 쓴 윤동주는 해방 직전에 일본 후쿠오카 형무소에서 희생되었고, 8·15광복을 계기로 유치환은 남하했으며, 이욱(이학성), 김조규, 함형수, 천청송, 송철리, 윤해영 등의 향토시인들이 문학의 맥을 이어오게 되었는데, 조국광복의 기쁨을 구가하는 들뜬 분위기가 지속되다가 반우파투쟁(1957)과 대약진운동(1958), 그리고 3년재해(1961), 사회주의 사청운동(1964), 문화대혁명(1966-1976) 기간에 된 서리를 맞게 된다.

당중앙 11기3중전회의 이후, 중국시단에서는 비로소 다양한 목소리를 내게 되었는데, 그 가운데 1982년부터 3-4년 사이에는 한족들의 몽롱시(모더니즘시)운동, 난해시운동(1986-1987)이 전개되기도 하였다.

이러한 과정에서 간과할 수 없는 것은 계급투쟁이론 학습에 의한 뒤틀림이다. 사회주의 혁명을 위한 계급투쟁이론은 무계급사회를 만들겠다고 하면서 오히려 너무도 많은 층위의 계급사회를 만들었고, 인간과 인간 사이의 관계양상에 있어서 불신을 증폭시켰다. 이러한 모순된 이론은 중국조선족문학발전에 극심한 피폐를 가져다 주었다. 중국조선족문학에 악영향을 끼친 근원을 찾아보면, 계급에 고착될 수밖에 없도록 경직화를 가져온 이념이라든지, 천편일률적으로 당에 충성하는 데에 길들여진 특수사회의 분위기, 그에 따라 기존의 문학을 말살하는 '대약진' 과 '문화대혁명' 등을 들 수 있다.

중국조선족 시인 가운데 1930년대 이후의 괄목할 만한 시인으로 는 김조규, 함형수, 윤동주, 천청송, 송철리, 윤해영 등을 들 수 있겠 고, 1930년대에서부터 1940년대에 걸쳐 시작활동을 시작하였으나 중단했다가 광복 후에 다시 계속하였던 김례삼을 제외한, 나머지의, 해방 후에 활동한 시인으로는 설인(이성휘), 임효원을 들 수 있다. 그리고 중국 창건 이후에 활약한 시인으로는 김철, 김성휘, 이삼월, 이상각, 김응준, 조룡남 등을 꼽을 수 있다.

이들은 불행한 시대를 겪어온 시인들이다. 그 다음을 이은 세대는 한춘, 박화, 남영전, 김학천, 최룡관, 김학송, 이성비, 박정웅 등으로 이어지는데, 이들은 문화대혁명의 영향을 크게 받았다. 특히 정치, 문화적인 측면에서 바람직하지 못한 영향을 받은 세대라 할 수 있 다. 이들의 생명력은 줄기차고 강인한 데가 있지만, 뒤틀린 시각을 교정하기에는 용이하지 않은 경직된 사고의 틀에 갇혀 있기 때문에 수용능력이나 포용능력이 떨어지는 편이다.

고정된 틀에서 벗어나기 위해서 새로운 실험을 하는 경우도 있지 만, 부분적인 현상을 전체로 오인하는 데서 오는 속박의 한계에 갇히 는 경우가 허다하다. 이 중에서 비교적 신세대에 해당되는 김학송의 경우는 수용능력이나 변화에 적응하는 능력의 빠른 순발력이 보여서 가능성이 높은 편이다. 따라서 이들은 새로운 시대의 물결에 적응하 는 데 있어서 진취적인 면에서 기대하면서도 언어의 깊이갈이를 위 한 양질의 밑거름을 깔기에 게을러서는 안된다는 주문이 따른다. 문 화대혁명을 거쳐오는 동안에 예술다운 예술, 학문다운 학문탐구의 기회를 충분히 갖지 못했기 때문에 양질의 밑거름을 보충하는 일에 소홀해서는 재사(才士)의 문학에 그칠 위험이 있기 때문이다.

중국조선족 시단이 21세기를 맞아 진취성 있게 향상 발전하기 위해서는 고정된 틀에서 벗어나는 사고의 변화가 요구된다. 30대에서 50대까지의 시인들이 60대나 70대의 기성세대를 이어받아서 진취성 있게 매진하는 문제는 미지수로 남는다.

이들은 아직도 시문학이라는 배에 문학의 이론적 나침반을 장치하지 못한 상태에 있기 때문이다. 문학이론의 나침반을 설치하고 순조로운 항해를 하기 위해서는 우선 자기의 존재위치를 확인해야 한다. 그래야 시문학 창작의 배에 나침반을 달고 방향을 잡아 갈 수 있기 때문이다.

이를 위해서는 반우파투쟁, 대약진, 문화대혁명으로 오면서 길들여진 계급투쟁 관념과 일그러진 시각을 청산하고 사물을 정관하기 위해서는 본연의 문학이 무엇인지, 문학의 본질적 가치를 탐구하는 자세가 요구된다.

시를 왜 쓰는지, 시를 어떻게 써야 하는지, 어떻게 사는 삶이 올바른 삶인지, 하는 문학과 인생에 관련된 통찰이 없이는 순조로운 항해가 이루어질 수 없다.

중국조선족 시단의 혼란은 문학평론의 부재에도 그 원인이 일부있다. 시평다운 시평이 이루어졌었다면 중국조선족 시인들이 이렇게까지 오리무중의 늪에서 헤매지는 않았을 것이다. 따라서 앞으로는 적어도 축사처럼 윤색을 가한다거나 지리멸렬한 언어의 유희나나열이 아닌 평론다운 평론이 나와서 오리무중한 안개를 걷히게 하여 방향을 제시해 주는 향도적 기능을 발휘해야 한다.

시인이나 평론가나 다 함께 공부하고 연구하며 나아가서는 탐구하는 자세가 요구된다. 양질의 뽕을 먹지 못한다거나 충분히 잠을자지 못한 누에가 양질의 비단실을 생산할 수 없듯이, 충분한 독서와 사색이 없이는 명작을 낳을 수 없는 것은 자명한 이치이기 때문이다.

시인들이 모두 철학자가 될 수는 없다. 그러나 좋은 시를 생산하기 위해서는 철학적 인식이 요구된다. 평론가도 마찬가지다. 시인에 있어서 소재란 사고 가능한 전 사물이라면, 평론가에 있어서의 텍스트는 시작품이므로 시어에 대한 감식능력과 시인의 감수성이 요구된다. 일상적 언어와 시어는 차이가 있기 때문이다.

중국조선족 시단의 혼란의 원인 중의 하나는 중화인민공화국 성립 이후 문화대혁명에 이르기까지 세계적인 문예사조와, 차단되었다가 개혁개방 이후 그것이 한꺼번에 몰려오면서 다양한 사조에 대한 분별력이 없이 맹목적으로 수용한 데에도 원인이 있다. 문예사조에 대한 전체적인 파악과 거기에 대한 대처능력의 부족에도 원인이 있었던 것이다. 나무만 보고 숲을 보지 못한 경직된 시각이 그것이다.

중국조선족 시문학이 아직은 단순한 단계에 있음에도 불구하고, 시를 옹호해야 할 존재가치를 높이 사는 이유 중의 하나는 그것이 민족문화 자존의 정체성에 맥이 닿아 있는 마지막 보루이기 때문이다. 중국조선족 사회에 있어서 문화적 정체성을 지키는 일은 정치지향의 관료에게 있지 않고 문화지향의 시인들에게 주어진 사실은 시를 거듭나게 하는 긍지와 자부심의 정신적 자양이 된다.

중국에서도 『중국당대문학사』(연변인민출판사, 1990. 61-62쪽)는 다음과 같이 자체모순을 스스로 비판하고 있으며, 그릇된 길을 바로 잡기 위한 반성을 촉구하고 있다.

…파인, 왕숙명 등은 다음과 같은 기본관점을 제기하였다. 첫째, 그들은 인류에게 공통되는 인정과 인간성을 론했다. 그들은 계급사회에서 인간에게 계급성이 있는 외에 공통되는 본성이 있다고 주장

하였다. "생존, 따뜻이 입고 배불리 먹는 것, 발전을 요구하는 것은 보통 인간의 희망이다" "이런 요구, 기호와 희망은 인류본성에서 온다." "인정이란 곧 인도주의다" "인간성은 진취적인 것으로서 아름다운 생활을 추구하고 아름다운 욕구에 대한 만족을 요구한다" 계급성은 인류 본성의 '자아이화' 로서 계급사회에서의 인간의 일종 특성일 따름이지 인성의 전부는 아니다. 계급투쟁이 조락되면 인류는 원래의 '본성' 을 회복하게 되며, 그것은 간단없이 풍부화하고 완미화하게 된다. …파인은 우리의 문학작품에 "인정미가 결핍" 하며 "인도주의가 결핍"하다고 지적하면서 "문학사에서 꼽히는 위대한 작품은 모두 인도주의로 충만된 작품들이다"라고 인정하였다. …파인과 왕숙명에 대한 비판은 그들의 주장을 전면적으로 부정하는 편면적인 비판으로 진행되었다. 비판자들은 우선 기성적인 간단한 관점으로 인류에게는 공통되는 본성이 있고 계급성밖에 없다고 억설하였다. 그들은 무산계급의 계급성은 공산주의 사회의 '통일된 인간성' 이므로 공산주의 사회에 가서 계급이 없어도 무산계급의 계급성은 영원히 존재한다는 망설을 늘어놓았다.

자체모순을 지적하는 여기에서 우리는 특히 "계급투쟁이 조락되면 인류는 원래의 본성을 회복"하게 된다는 대목에 주목할 필요가 있다. 문학의 본령을 제대로 찾아가기 위해서는 인간 본성을 찾지 않을 수 없기 때문이다.

따라서 인간이 본래적으로 지닌 바의 본성과 특정 시대의 사회적 필요에 의해서 제시된 계급성에 관한 문제를 구명하지 않으면 안된다. 인간의 마음은 지·정·의(知·情·意)의 세 요소를 지니고 있다. 지적인 욕망과 정적인 욕망과 의지적인 욕망이 그것이다. 이지·정·의(知·情·意)가 내적이고 원인적이라면, 진·미·선(眞·美·善)은 거기에 비하면 외적이며 결과적이다. 무엇인가를 알고자 하는 지적인 욕망은 진리를 탐구하고, 정적인 욕망은 아름다움을 추구하며, 의지적인 욕망은 선을 추구한다. 이 세 갈래의 욕망이 두드러지게 나타난 것이 과학과 예술과 종교다.

이러한 요소는 "知 → 眞 → 과학, 情 → 美 → 예술, 意 → 善 → 종교"라는 등식이 성립된다. 이 세 요소가 균형 있게 조화될 때 그 개인이나 가정이나 사회, 민족, 국가, 나아가서 세계는 평화가 유지된다. 인간의 마음 속에서 작용하는 知情意라든지, 양심의 작용, 또는 공맹사상에서 말한 인의예지(仁義禮智)라든지, 불교에서의 대자대비(大慈大悲), 그리고 기독교에서의 박애(博愛)는 어디에서 기인되는 것일까. 이러한 결과의 원인적 존재로서의 본체를 종교에서는 절대자라고 본다. 이와 같이 객관적으로 존재하는 인간의 마음 상태를 부정한다면 문학도 제 자리를 찾을 수 없게 된다.

따라서 시의 창작이나 비평은 적어도 인간에게 내포된 요소를 부정하지 않고 과학이나 예술이나 종교 등을 인정하는 상태에서 하지 않으면 안된다. 진리란 영원하고 불변하며 유일한 성격의 것이기 때문이다.

시인이 인간으로서 인간에게 주어진 본연의 욕구라든지, 본심에 의하여 시의 형식에 시어의 의상을 장식하게 될 때 시는 비로소 독립된 생명체로서 존재하게 된다. 정지용 시인도 지·정·의(知·情·意)와 관련하여 「시의 옹호」(散文)라는 글에서 다음과 같이 피력하고 있다.

감성으로 지성으로 意力으로 체질로 교양으로 지식으로 나중에는 그러한 것들 중의 어느 한 가지에도 기울리지 않는 통히 하나로 시에 매진하는 시인은 우수하다. 조화는 부분의 비협동적 단독행위를 징계한다. 부분의 것을 주체하지 못하여 미봉한 자취를 감추지 못하는 시는 남루하다.

여기에서 특히 교훈삼아야 할 점은 "부분의 비협동적 단독행위를 징계한다"는 대목이다. "부분의 비협동적 단독행위"란 바로 시의 파괴를 의미하기 때문이다.

중국조선족 시인들 중에는 시에 있어서 부분의 비협동적 단독행위를 시도하는 경우가 적지 않은 게 사실이다. 이는 경계해야 할 사항이고 마땅히 지양돼야 한다.